ほろよい読書

織守きょうや 坂井希久子
額賀澪 原田ひ香 柚木麻子

JN031011

双葉文庫

ほろよい読書

目次

ショコラと秘密は彼女に香る

織守きょうや

織守きょうや（おりがみ きょうや）

1980年、ロンドン生まれ。2013年『霊感検定』でデビュー。15年『記憶屋』で日本ホラー小説大賞読者賞を受賞。主な著書に「霊感検定」シリーズ、「記憶屋」シリーズ、『少女は鳥籠で眠らない』『花村遠野の恋と故意』『朝焼けにファンファーレ』『幻視者の曇り空』など。

神戸は坂が多いと聞いてはいたけれど、こんなに急な坂だとは思わなかった。ふくらはぎがだるい。歩きやすいサンダルを履いてきて本当によかった。観光エリアが近いからか、可愛い建物が多くて、楽しい気分で歩けたけれど。スマートフォンの地図アプリを確認して、私は足を止める。どうやらここが目的地のようだった。

絵本で見るような三角屋根の一軒家だ。れんが造りの門柱と金属製の門扉の向こうに、玄関ドアへ続く短い道があり、そのまわりには何種類もの花が植わっている。

家自体は大きくはないものの、可愛らしい西洋風の建築で、思わず写真を撮ってしまった。

正面からはよく見えないけれど裏庭もあるようで、建物の陰から低木の枝が覗《のぞ》いている。

私は、門柱にかけられた表札の、「森川《もりかわ》」という名前を確認して、スマートフォンを鞄《かばん》にしまった。

坂を上ってきたので、汗をかいてしまっている。鞄からハンカチと手鏡を取り出し、汗を拭いて身だしなみを整えた。

最後に、かぶった帽子の角度を調整する。登和子《とわこ》さんのおさがりだ。つばの広い、シンプルな白い帽子で、黒髪を短くした登和子さんがかぶると、レトロモダンな雰囲気でかっこよかったけれど、髪の長い私がワンピースに合わせると、お嬢様っぽいファッションになる。

今日は、ワンピースも、登和子さんがくれたものを着ていた。白に近い薄いグレーの、柔らかなコットンワンピースで、裾と袖口にフリルがついているけれど、色合いのおかげで可愛くなりすぎていない。ガーリーな服装が好きな私に、大学生になったのだから、少しだけ大人っぽいものを、と登和子さんが選んでくれたのだ。

左手に提げた紙袋の中には、お土産のチョコレートと、小さな花束がある。紙袋の底をそっと触って確かめると、まだ保冷剤の効果は続いているらしく、ひんやりしている。

胸元をおさえ、大きく深呼吸してから、意を決して呼び鈴を押した。

落ち着いて、上品に。レディーらしくしなきゃ。

登和子さんの、大事な人にお会いするのだから。

「はーい」

返事はインターフォンごしではなく、近くから聞こえた。どこから、と見回していると、建物の中ではなく、庭のほうから、若い男性が出てくる。

「お待たせしました。こんな格好ですみません、庭の手入れをしていて」

彼は、土で汚れた軍手をはずしながら、白い歯を見せて笑った。

半袖のTシャツとジーンズ姿で、首のまわりにタオルをかけている。ほどよく筋肉のついた腕は、日に焼けていた。スポーツウェアのモデルになれそうなさわやかさだ。

この人が、登和子さんの好きな人？

そんなわけはない、と私は頭に浮かんだ考えを打ち消す。

登和子さんは想い人と、もう三十年以上会っていないと言っていた。三十年前、目の前の男性は、まだ生まれてもいなかっただろう。

＊＊＊

私、仲里《なかざと》ひなきにとって、登和子さんは子どものころから憧れの女性だった。

彼女は、私の母親の、年の離れた姉だ。ずっと独身で、二十代のころから海外で仕事をしていたけれど、六十歳を過ぎてから日本に戻ってきて、今は私の家からそう遠くない場所にあるマンションで一人暮らしをしている。

登和子さん本人は髪を短くして、シンプルでモードな服装を好んでいたけれど、私にはいつも、淡い色と、繊細で可憐《かれん》なデザインの、お人形のような洋服や靴を贈ってくれた。子どもがいないから、姪《めい》が可愛いのね、とお母さんは笑っていた。

「女の子にはこういうもの、という考えが頭にあるんでしょうね。それとも、姉さん自身がああいう人だから、こういう女の子っぽいものに憧れがあるのかもね」

何もこんなドレッシーなものばかりでなくても、とお母さんは苦笑していたけれど、私は、登和子さんが贈ってくれる、きれいなものに夢中になった。

六歳のときにもらった、白いフリルのついたワンピース。十歳のときにもらった、ひまわり柄のサマードレス。今も大事にしているレースのハンカチや花の刺繍《ししゅう》された帽子、小鳥の形のブローチ。

お姫様みたいだよと、登和子さんが誉めてくれるのが嬉しくて、喜んで身に着けた。贈り物が似合う自分でいること自体が誇らしかったのだ。

もらった服に合うように靴や持ち物を選び、髪を伸ばし、それらを汚さないよう、立ち居振る舞いに気をつけるようになった。登和子さんがくれた海外文学の児童書を読んで、レディーの仕草や言葉遣いを勉強した。自分で服を買うときも、クラシックで可愛らしいデザインのものを選んだ。

シンプルなスタイルの登和子さんをかっこいいと思うけれど、同じ路線を目指しても自分には似合わないと理解していた。

私は特別美人だったわけではないけれど、登和子さんはいつも私を可愛いと言ってくれて、そう言われることで私はもっと可愛くなれる気がした。少なくとも、もっと可愛くなろう、と思えたのだ。

さすがに今は、彼女に誉めてもらいたくておしゃれをしているわけではないけれど、そうして出来上がった今の自分を私は嫌いではないし、そのときの気持ちは今でも、私のベースにある気がする。

思えば登和子さんからは、服装だけじゃなく、かなり色々な面で影響を受けた。ポットで紅茶を淹《い》れて飲む習慣も、登和子さんに淹れてもらったのがきっかけだし、大好きなチョコレートボンボンだって、初めて食べたのは登和子さんにお土産でもらったものだ。

リキュール入りのボンボンは、登和子さんが私の家に遊びに来るときの、定番のお土産だった。お酒が入っているから、と、子どもだった私は、まるまる一つ食べることは禁止されていて、そういうときは、登和子さんが半分こしてくれた。おいしい、もっと食べたい、と私が言うと、「ひなきは将来酒飲みになるな」と笑われたものだ。

登和子さんの家に遊びに行ったときも、同じボンボンの箱があり、登和子さんは母に内緒で、一つ丸ごと食べさせてくれた。

甘くて不思議な香りのとろりとしたクリームはおいしくて、大人になったら好きなだけ食べられるんだ、と思うとその日が待ち遠しかった。けれど、登和子さんは、大人なのに、いつもボンボンは一つしか食べなかった。

一つだけを、大事そうに味わって食べていた。

「このお菓子が大好きだった人がいてね。その人が教えてくれた店のなんだ、これ」

私が高校を卒業する一年ほど前、登和子さんの家に泊まって、夕食後に紅茶を淹れてもらったときのことだ。

ボンボンを半分食べて紅茶を飲み、残りの半分を指先でつまんで眺めながら、登和子さんは楽しそうにそんな話をした。

「その人は、お酒そのものはあんまり飲まない代わりに、お酒の入ったお菓子が好きでね。このボンボンは特にお気に入りだったんだ」

登和子さんの家にはお酒の類がなかった。

親族の集まりでもノンアルコールの飲み物ばかり飲んでいたから、彼女はお酒を飲めないのだと私は長い間思っていたのだけれど、そういうわけでもないらしい。私が中学生のとき、お母さんが言っていた。

「最近は飲むところを見ないけど、姉さん、昔はお酒好きだったのよ。そんなに強くはなかったけど、しょっちゅう飲んでいた覚えがある。特に洋酒、ブランデーとかね」

もう年だから、身体に気をつけているのかもね。いいことよ、健康のためにも、経済的にも――と言った、お母さんもお酒を飲まない人だ。晩酌が日課のお父さんは、居心地が悪そうにしていた。

かわいそうになって、「私が二十歳になったら一緒にお酒を飲もうね」と言ったら、お父さんは楽しみだなと笑顔になった。

「登和子さんは、お酒、飲めるのに飲まないの？」

あるとき、たまたま思い出して、登和子さんに訊《き》いてみた。下戸でないのなら、成人したときには一緒に飲みたい。彼女に、おしゃれなバーはとても似合いそうだった。想像しただけでかっこいい。一緒に並んで、きれいな色のカクテルを飲みたい。

けれど登和子さんは、困った顔で首を傾げた。

「お酒は好きだったけど、酔っぱらって失敗しちゃったことがあってね。それからは、飲まないようにしてる」

「失敗？」

「秘密にしておくはずだったことを、うっかり言いそうになっちゃったんだよ」

紅茶と一緒に食べていたリキュールボンボンで酔ったわけではないと思うけれど、

その日の登和子さんは少し饒舌《じょうぜつ》だった。

「言わなければ、いい友達のままでいられたかもしれないのに……というか、いい友達でいるために、ずっと言わないでいたのにね。今さら言っても困らせるだけだから、秘密にしておくはずだったんだ」

「いじわるをしちゃったの？」

「そうじゃないけど、困らせたんだ。ひなきだって……そうだな、たとえば私に、毎日ひなきと遊びたいのになんで学校になんか行くの、とか、私より学校が好きなの？とか言われたら、困っちゃうだろ。私が昨日まで、『学校は楽しい？』ってにこにこしていたんだったら、なおさら。びっくりするだろうし」

登和子さんにそう言われたら、学校なんかやめちゃうわ、と私が言うと、登和子さんは苦笑して、「そうしてほしいわけじゃないんだよ」と言った。

「そうしてほしかったわけじゃないはずなのに、言っちゃったんだ。酔っぱらって、べろべろになって。大事な人には幸せでいてほしいって思っていたはずなのにって、自分でもショックだったし、相手にも呆《あき》れられたと思って、すごく後悔した。それから、お酒を飲むのはやめたんだ」

半分残ったボンボンを口に放り込み、指先を拭いて、また紅茶を一口。「やっぱりおいしいな」と笑って、その後は、箱の中に並んだボンボンを眺めて、懐かしそうに目を細めていた。

登和子さんのその表情は、前にも見たことがあった。

自室の引き出しにしまっている、古い写真を取り出して眺めるとき、彼女はそういう表情になる。大事なものを見るような、その一方で、遠くのほうにある痛みを確かめているような。それを、仕方ないものだと受け容れているような目だ。

きっとあの写真に写っているのは、登和子さんの好きな人なのだ、と直感した。

登和子さんの家には何度も泊まったから、彼女が写真を眺めているのを目撃したのも、一度や二度ではない。

ちらりと見えた写真は裏側の四隅が変色していて、古いもののようだった。どれだけ長い間、彼女はそれを大事にしてきたのだろう。

「このボンボンが好きだったのって、登和子さんの好きな人？」

私が訊くと、登和子さんは「どうかな」とはぐらかした。

それが答えのようなものだった。

好きだった人、ではなく、好きな人、と言ったのは意識してのことではなかったけれど、登和子さんが否定しなかったから――昔のことだよと笑い飛ばしもしなかったから、私は確信してしまった。

それは、終わった恋ではないのだ。

今でも登和子さんは、その人のことを想っている。

「写真の人？」

思わず訊いてしまった後で、しまったと思ったけれど、登和子さんは、驚きも怒りもしなかった。

何も答えず、笑っただけだった。


酔ってうっかり言いそうになってしまったという「秘密」のことを、登和子さんは詳しく話してくれなかったけれど、その日私は、登和子さんの入浴中に、こっそり引き出しを開けて写真を見た。

罪悪感はあったけれど、どうしても気になったのだ。

引き出しの中に文箱《ふばこ》があり、古い葉書が箱の高さの半分あたりまで入っていた。

その一番上に、あの写真は重ねてあった。

そっと手にとってみる。

思ったとおりずいぶんと古そうな、それは、結婚式の写真だった。新郎新婦が、カメラに向かって微笑んでいる。

写真の裏に日付があり、「森川裕樹《ゆうき》・さくら」と書いてある。日付は、四十年以上前の六月。素人のスナップ写真ではなさそうだ。結婚式の引き出物に一緒に入っていたか、「結婚しました」のお知らせに同封されていたものだろうか。

幸せそうに寄り添う二人の写真を、登和子さんがどんな気持ちで眺めていたのか、それを思うと胸がぎゅっとなった。

違う人と結婚してしまった人のことを、まだ好きなのか。四十年以上も?

失望したわけではなかった。忘れられない人がいたって、登和子さんが強くてかっこよくて素敵な女性であることに変わりはない。けれど、登和子さんの恋が叶わなかったことが単純に悲しかった。叶わなかった恋のことを、彼女が忘れられずにいることも。

登和子さんほど強い人でも、捨てられないものなのか、と思った後で、すぐに考えを改める。

捨てられないんじゃない。きっと、登和子さんは、自分で捨てないと決めたのだ。誰にも言わず、ただ写真を眺めるだけの恋を、大事に抱えていくと決めた。

それだけ大事な想いなのだ。

ずっと好きな人がいる、というのは、素敵なことだ。私は片想いしか経験がないけれど、それでも、誰かを好きでいるのは楽しかった。

叶わない恋でも、想い続けていること自体は悪いことではない。

想っているだけなら、誰のことも傷つけない。

何十年も忘れられないほど好きな人の、一番幸せな瞬間の写真を、大切そうに眺めて目を細める登和子さんは、穏やかな表情だった。その人のとなりにいるのは自分ではないのに。

それができる登和子さんは、やっぱり、優しくて強い人だ。

私はそっと、写真を戻し、引き出しを閉める。

登和子さんが好きになったのだから、その人はきっと、素敵な人だったのだろう。

写真の裏に書かれた名前には、見覚えがある気がしたけれど、思い出せなかった。

大学一年生の夏休みが始まってすぐに、私は登和子さんのマンションへ泊まりに行った。ロビーで顔見知りのコンシェルジュに挨拶をして、ポストルームへ行き、郵便物をとってからエレベーターに乗る。ポスティングが禁止されたマンションなので、チラシの類は入っていない。ダイレクトメールに交じって、暑中見舞いの葉書が届いていた。

きれいな朝顔の柄が目にとまったけれど、登和子さん宛の葉書だ。読んではいけないと、葉書を裏返し――目に入った差出人名に、はっとする。

「森川さくら」。あの写真に書かれていた名前だ。

写真には新郎新婦の名前が書かれていたけれど、葉書の差出人名は一つだけだ。

確か、新郎の名前は――と記憶を呼び起こして、そのとき、ふいに思い出した。そうだ。森川裕樹と森川さくら。写真を見たとき、その名前を、どこかで見たと思っていた。

登和子さんがまだ海外で仕事をしていたとき、彼女宛の郵便物は、私の家に転送されていた。そのころ、一度だけ、登和子さん宛に訃報の葉書が届いたことがあった。森川裕樹は、そこに書かれていた名前だった。差出人が、森川さくら。夫の死を告げる、妻からの葉書だった。

当時私は小学生で、森川夫婦のことを知らなかったけれど、葉書を受け取ったお母さんが、「森川さんの旦那さん、亡くなったのね」と呟《つぶや》いて、それで、印象に残っていたのだ。

「姉さんの、大学時代の友達よ。奥さんのさくらさんとも仲がよくてね……実家に遊びに来たこともあったから、憶えてる。今はもう疎遠になっちゃったみたいだけど」

お母さんがそう言うのを、そのときは、大して気にもとめていなかった。

疎遠になってしまったのは、登和子さんが自分の気持ちをしまい込んで、距離を置いたからだろうか。

私はエレベーターを下りた。

少し迷って、登和子さんの部屋に入る前に、廊下で暑中見舞いの葉書を裏返す。

文面は、ごく当たり前の、短いものだ。

『暑中お見舞い申し上げます。お元気ですか？』

そこからは、どんな感情も読み取れない。

登和子さんは、今日は在宅しているはずだ。合鍵は持っているけれど、インターフォンのボタンを押した。「来ましたよ」のサインだ。

どうぞ、と中から声がして、ドアが開いた。

「登和子さん、こんにちは」

「いらっしゃい、ひなき」

登和子さんは黒いゆったりした上下を着ている。トップスの襟《えり》ぐりが大きく開いて、袖がたっぷりとした、おしゃれなデザインだった。

灰色の混ざった短い髪が、あえてそう染めているかのようにかっこよくて、ファッションにぴったり合っていて、部屋着姿でもだらしなく見えない。

思わず、私も背すじが伸びた。

「お手紙、ここに置くね」

「ありがとう。何か飲む？　冷蔵庫にアイスコーヒーならあるけど、ひなきは紅茶かな」

「私がする。温かいのにしようかな。登和子さんも同じでいい？」

「うん」

登和子さんは、私がリビングのガラステーブルにまとめて置いた郵便物を手にとった。

キッチンからは、リビングを見通せるようになっている。

ダイレクトメールの封を開けて中身を確認していた彼女が、暑中見舞いの葉書を手にとって、動きを止めるのも見えた。

横顔だけで、表情ははっきりわからないけれど、たった二言書かれているだけの葉書を、じっと見つめているようだった。

電気ポットで沸かしたお湯を紅茶ポットに注ぎ、ティーコゼーをかぶせて、トレイごとリビングのテーブルへ運ぶ。

登和子さんは一人のときはコーヒーを飲むことが多いようだ。でも、私が来たときはいつも紅茶だ。私がコーヒーを飲めないのもあるけれど、登和子さんも、仕事中はコーヒー、ゆっくりするときは紅茶と区別しているらしい。

「きれいな葉書ね。暑中お見舞い？」

登和子さんは後で仕事部屋のシュレッダーにかけるダイレクトメールの束とは別に、

暑中見舞いの葉書だけをテーブルの端によけて置いている。

私は揃《そろ》いのティーカップをテーブルに並べながら、何気なく目にとまった風を装って言った。

「お返事するでしょう？　私、次来るときにきれいな葉書を買って来ようか」

登和子さんの返事は煮え切らない。要らない、とも言いにくいのか、うーん、と首をひねって苦笑している。

「私が海外にいたときは、ときどき、絵葉書を送っていたんだけどね。日本に帰ってきてからは、送らなくなっちゃったな」

それでも、毎年、年賀状と暑中見舞いをくれるんだ、と言って、葉書の朝顔に視線をやった。

「それなら、やっぱりお返事しなきゃ」

「なんだか、今さら送るのも気まずくて。何年も返事していなかったからね」

私が紅茶を注いだカップを、登和子さんは手元に引き寄せ、「ありがとう」と言ってから口をつける。

「夫婦のどちらとも、昔からの知り合いでね。旦那のほうは、ずいぶん前に亡くなったんだけど……亡くなったとき、私は海外にいて、そのことを知らなかった。ちょうど忙しくしていた時期で、送ってもらった郵便物も、まともに見ていなかったんだ。ずいぶん後になってから訃報に気づいて……今さら、お墓参りにも、お線香をあげにも行けない」

そういえばもうすぐ命日だな、と、独り言のように呟く。

命日を憶えているくらい、いつも心の中にあるのに、その気持ちを誰にも、本人にも言えないまま、何十年も前の写真を眺めるだけなんて悲しい。

静かにひっそり想うだけでいいのだ、幸せなのだと、本人が本当に思っているのなら、口出しすることではないとわかっていた。けれど、思い出になった恋なら、あんな表情で写真を眺めたりはしない。

好きな人には会いたいはずだ。ずっと、会いたかったはずだ。

本当なら、生きているうちに。

「今からでも行けばいいわ。行くべきよ」

私は手にとったカップを、口をつける前にソーサーに戻し、断固とした調子で言った。

亡くなった人を想い続けているだけなら、それはなおさら、絶対に叶うことのない、そして、誰のことも傷つけない恋だ。

彼の妻に――さくらさんに対して申し訳なく思っているのかもしれないけれど、想うだけなら彼女にだってわからない。せめて、墓前に手を合わせて、好きでしたと伝えるくらい許されるはずだった。

「亡くなったのはもう十年以上前だよ。今さら行けないよ。……紅茶、おいしい。ひなきは淹れ方が上手だね」

最初からあきらめたような口ぶりに、もどかしくなる。彼女らしくない、などと思うのは、私の勝手だとわかっていても。

「その人のこと、好きだったの？」

踏み込んだ質問だったけれど、正面から投げかけた。

登和子さんは、私を見ないで、穏やかな表情で、「友達だったよ」と答えた。

夏休みに、神戸の異人館街に行かないか、と友達に誘われたとき、私はすぐに賛成した。

暑中見舞いを登和子さんに送った森川さくらの住所が、神戸市中央区だったことを憶えていたからだ。

親族の代わりにその挨拶に行かなければならない人がいるから、少しだけ別行動をさせてもらいたいと頼むと、友達は快く応じてくれた。

思ったとおり、登和子さんは暑中見舞いの葉書を、引き出しの文箱の中にしまっていた。こっそり住所を書き写す。

『こんにちは、はじめまして。笹口《ささぐち》登和子の姪の、仲里ひなきと申します』

何度も下書きをした後で、お気に入りのすずらん模様の便せんに清書した。

神戸へ行く予定があるので伯母の代わりに供花をしたいと書いて送ると、すぐに、歓迎する、と返事が届いた。

＊＊＊

「どうぞ、部屋の中は涼しくしてありますから。すみません、手を洗ってきますね」

タオルを首にかけた男の人は、私をリビングのソファに案内してくれた後、洗面所に姿を消し、すぐに戻ってきた。

汗をかいたTシャツを脱いで、さっぱりとした紺色のシャツに着替えている。

こうしてみるとあの写真の新郎に、どこか似ていた。

「仲里ひなきさんですね。はじめまして、森川さくらの孫の、森川和人《かずと》です。祖母は今、買い物に出ていて……ひなきさんにお出しするつもりだった紅茶の茶葉を切らしてしまったそうで。もう戻ってくるはずです」

「あ、私、お約束の時間より早く着いてしまって……ごめんなさい、配慮が足りませんでした」

「いえいえ、とんでもない。お会いできて嬉しいです。さくらさん……失礼、祖母は、あなたがいらっしゃるのをとても楽しみにしていましたよ」

和人さんは、私が膝の上に置いていた帽子を、「掛けますよ」と慣れた手つきで受け取り、アンティーク調の帽子掛けに掛けてくれる。

見たところ二十代半ばだろうが、落ち着いた口調で、私の持つ二十代男性のイメージとは大分違った。

礼儀正しいけれど、笑顔や明るい声のせいか硬く感じない。整った外見のせいで気後れしてしまいそうなところを、なれなれしいのとは違う、親しげな口調や表情でカバーしている。紳士だ。

この感じは、少し登和子さんに似ている。

その時点で、私は彼に好感を持った。

「さくらさんとは、一緒に住んでいらっしゃるんですか?」

「いえ、同居はしていないんですが、今日は友人と二人で、買い出しや庭掃除の手伝いに来ているんです。男手があったほうがいいので」

少し待っていてくださいね、と断って、彼はリビングと続き部屋になっているダイニングルームへ行き、キッチンと思われるドアの向こうに消えた。

すぐに戻ってきた彼は、トレイに、透明な小さなグラスをのせている。

「ミントはお嫌いじゃないですか?」

「好きです」

よかった、と笑って、ローテーブルの上にグラスを置いてくれた。

氷の入った透明な液体の上には、ミントの葉が飾られている。

「ミント水です。暑い中来ていただいたので、水分を補給してください。祖母が戻ったら、ちゃんとしたお茶の用意をしますから」

一口飲むと、甘さとともにミントの香りが広がった。ミントの香りをつけただけの水かと思っていたら、ミントシロップを冷たい水で割ったものらしい。すっとして、夏の日差しの下を歩いてきた疲れが消える気がする。

「おいしいです」

私が言うと、和人さんはにっこり笑って、よかった、と言った。

「今はそれで喉を潤しておいてください。食器の収納場所もお菓子のありかも全部知っているんですけど、おもてなし役を奪ってしまうと、祖母に怒られるので……女の子のお客様なんて久しぶりだと言って、張り切っているんです。それも、大事なお友達の姪御さんだって」

「わ、そんな……」

葉書に、歓迎すると書いてはあったけれど、社交辞令を真に受けて舞い上がってはいけないと思っていた。登和子さんにすら内緒で押しかけた身としては恐縮してしまう。

「そう言っていただけると、嬉しいです。面識もないのにご迷惑かと思っていました。それでも、どうしてもお花だけでもと思って……あの、これを、裕樹さんに」

お土産の入った紙袋から、一緒に入れていた花束を取り出して渡した。

お土産につけた保冷剤のおかげか、袋の中で日陰になっていたからか、暑い中でもなんとかしおれていなかった。

「根元に濡らしたティッシュを巻いてあるので、しばらくはこのままでも大丈夫だと思います」

「ありがとうございます。仏壇はないので、写真の前に飾らせていただきますね。……俺ではきちんと活けられるかわからないので、祖母が帰宅するまではここに」

チェストの上に、遺影なのだろうか、男性の写真が飾られている。その前に、和人さんは丁寧に花束を置いた。

同じチェストの上に、あの結婚式の写真も並んでいる。写真立てに入れてあるからか、登和子さんの持っているものほど色あせていなかった。

新郎新婦の姿が、よりはっきりと、リアルな質感を持っている。

素直に、きれいだと思った。お似合いの二人だ。

「この写真、伯母も持っていました」

「結婚式のときの写真ですね。祖母のお気に入りなんです。一番美人に写っているって」

「ふふっ」

思わず笑ってしまう。

可愛い人だ。まだ会ったことはないけれど、好きになれそうだった。

「あ、すみません、これも……お土産です。チョコレートなんです。保冷バッグに入れてきましたけど、涼しいところに置いておいたほうがいいかもしれません」

花もボンボンも、本当ならさくらさん本人に渡したかったけれど、保冷バッグに保冷剤つきとはいえ、真夏に東京から運んできたものだから、早く冷暗所に移したほうがいい。

リキュールボンボンの箱を保冷バッグから出して手渡すと、和人さんは、「これはご丁寧に」と受け取った。

箱を持ってキッチンへ行く後ろ姿を見送ってから、改めて室内を見回す。

居心地よく整えられた部屋は、全体的にヨーロッパ調でまとめられていた。レースのカーテンごしに、柔らかい光が室内に差し込んでいる。

　クッションに施された、草花の刺繡が可愛い。ほのかにいい香りがすると思ったら、籐《とう》を編んだバスケットの中に、ラベンダーが束になって入ったものが床に置かれていた。

「素敵な部屋……」

　思わず声が漏れる。

　私個人としては、とても落ち着くし、好みの雰囲気だ。でも、複雑な気持ちだった。この家に住んでいる人は、きっと、登和子さんとは全然違うタイプの人だ。

　登和子さんが好きになった人は、登和子さんとは正反対の女性と結婚した。その事実は、登和子さんにとっては辛いものだったのか、それとも、かえって、救いだっただろうか。

「さくらさんて、どんな方ですか？」

　キッチンから戻ってきた和人さんに私が尋ね、彼が答えようとしたとき、玄関のほうで鍵の開く音がした。

「ただいま。……あら」

玄関先で、私の靴を見つけたらしい声がする。

おっとりと、上品な声音だった。

和人さんが、「おかえりなさい、さくらさん」と声をかける。

私は慌ててソファから立ち上がり、ドアのほうを向いた。

リビングへ入ってきた女性は、年を重ねてはいたけれど、間違いなく、あの写真に写っていた花嫁だった。

肌が白くて、華奢《きゃしゃ》で、カスミソウの花束が似合いそうな、はかなげな風情。白い髪を後ろでまとめて、左手には日傘を提げ、胸に、茶色い紙袋を抱えている。

「あれ、さくらさん、一人ですか？」

「残りのお買い物は高瀬《たかせ》さんにお任せしちゃった。私は紅茶だけ持って先に帰ってきたの」

日傘と紙袋を和人さんに渡して、彼女は私に笑顔を向ける。

「はじめまして、森川さくらです。仲里ひなきさん？　お会いできて嬉しいわ」

きれいな声。仕草も優雅だ。

思わず見とれて、はい、としか返事ができなかった。

一拍遅れて、はっとして、「こちらこそ」とつけ足した。

さくらさんはにっこり笑う。

和人さんの顔立ちはさくらさんとあまり似ていなかったけれど、笑い方は一緒だった。

「ごめんなさいね、お客様をお待たせして」

「いえっ……」

「すぐにお茶を用意するわね。和人さん、お湯を沸かしてくれる？」

どうぞおかけになってね、と促されて、私はすとんと腰を下ろす。

さくらさんと和人さんが並ぶと、祖母と孫というより、貴族のお姫様と騎士のようだ。二人とも姿勢がよくて、仕草が優美だからだろうか。そこにいるだけで絵になる。

素敵だなあと素直に思った後で、私はまた、登和子さんのことを思った。

さくらさんと裕樹さんも、きっとこんな風だったんだろう。見ているだけで微笑んでしまうような、お似合いの二人。

登和子さんは、それを見て、二人から離れたのかもしれない。勝手に、そんなことを想像する。

「お花と、お菓子をいただいたんですよ。お花はそこに」

「まあ、きれい。ありがとう。すぐに飾らせてもらうわね」

さくらさんは私のほうを見て微笑んで、花束を抱き上げた。

「和人さん、階段の下の納戸《なんど》にガラスの花瓶があるから出してきてくれる？」

ラベンダー色のスカートをさらさらと揺らし、ダイニングを横切って、キッチンへ入る。

少しすると、パチン、と花の茎を水切りする音が聞こえてきた。

和人さんがどこかから花瓶を持ってきてキッチンに届け、ものの数分もしないうちに、さくらさんは大事そうに花瓶を持ってリビングへ戻ってきた。

チェストの上、二枚の写真の間に飾り、手で花の角度を整えてから私を振り返る。

「ありがとう、きれいだわ」

白を基調とした花は、部屋にも、結婚式の写真にもよく似合った。

今のさくらさんにも、よく似合っている。

私は、気の利いたことも言えず、少し遅れて笑顔を返した。

こんなに花の似合う人は初めてだと思っていた。

「さてと、お茶にしましょう。少しだけ待っててね」

さくらさんはくるりと方向転換して、ガラスの扉のついた食器棚から、青い小花模様のティーセットを取り出した。和人さんがすぐに手伝い始める。

私は続き部屋のダイニングテーブルの上に茶器やお菓子が並べられていくのを、ソファから眺めた。

私が退屈しないようにか、さくらさんは手を動かしながらあれこれと話しかけてくれた。

「イギリスでは、お客様を紅茶とシェリー酒でおもてなしするの。でも、ひなきさんは未成年ですものね」

「さっき、ミント水をいただきました」

「あら、お気に召したかしら」

「はい、とっても」

紅茶以外はもう準備ができていたようで、私はすぐに呼ばれてダイニングテーブルに移動する。

緊張しながら座ると、さくらさんが、ポットからお揃いのカップに紅茶を注いでくれた。小さなガラスのピッチャーに入った蜂蜜と、もっと濃い色のシロップのようなものも添えて出してくれる。

「ブランデーと蜂蜜はお好みでね。お菓子も、好きなものを召し上がって。張り切って作りすぎてしまったから、食べられなかったぶんはよかったらお持ちになってね」

テーブルの上に並べられたお菓子は、さくらさんの手作りらしい。キルシュ漬けチェリーのチョコレートケーキ、オレンジのシフォンケーキ、マロンのテリーヌ、クリームを挟んだビスケット。一つ一つ、さくらさんが説明をしてくれる。

「すごい、どれもおいしそうです。迷っちゃう……」

目移りしてしまうほどおいしそうなのは本当だったけれど、びっくりするような量だった。それぞれのお菓子は小ぶりなのだけれど、種類が多い。これだけの数を作るのは、大変だっただろう。

さくらさんが、私の訪問を歓迎してくれているのは本当らしかった。

「苦手なものがあったら、遠慮なく言ってちょうだいね。ポピーシードケーキとレモンのケーキにはお酒が入っていないわ。このクッキーも。ビスケットのほうは、クリームにりんごのブランデー漬けが入っているけど」

「お酒の入ったお菓子、好きです」

「それなら、おすすめはサヴァランかしら。少しお酒の風味が強いかもしれないけど、苦手じゃなかったら」

サヴァランからいただくことにする。

シロップがしみ込んだブリオッシュ生地に生クリームを絞って、果物を飾ったお菓子だ。

口に入れると、じゅわっと洋酒と、紅茶の香りもするシロップがしみ出して舌の上に広がった。ほのかにあんずの味もする。

さくらさんの言ったとおり、お酒の風味は強めだ。そこにストレートの紅茶を一口飲むと、もう、たまらない。

幸せに頰が緩む。

うっかり、何のために来たのかを忘れそうだ。

感想を口に出すまでもなく表情に出ていたようで、さくらさんは、「お口に合ったみたいでよかったわ」と笑った。

「それじゃ、俺はこれで。何かあったらいつでも呼んでください。差し湯やミルクのおかわりでも」

和人さんは、ティーポットにコゼーをかぶせると、そう言って部屋を出て行った。庭の手入れに戻るのだろうか。急いで「ありがとうございました！」と声をかけると、彼はちょっと振り向いて微笑む。

「王子様みたいですね」

はー、と息を吐いて私が言うと、

「そういう風に育てたの」

さくらさんは、さらりとそんなことを言った。

少しだけ得意げな様子なのが可愛らしい。私が笑うと、彼女もにっこりした。

「伯母様は、お元気かしら」

「はい、今も現役で働いていて、忙しくしています」

だからなかなか訪ねては来られないのだ、と言外に滲《にじ》ませたつもりだった。

そう、とさくらさんは応えて、自分もカップに手を伸ばす。

「そういえば、若い頃から海外を飛び回っていたわね。英語だけじゃなくて、フランス語もできるから、色んなところで重宝がられて」

音をたてずに一口飲んでから、カップをソーサーに戻し、小さな銀色のフォークをとった。柄の部分が白蝶貝になっている、きれいなフォークだ。

「このサヴァランもフランスのお菓子で、最初は彼女が教えてくれたのよ。おいしいお菓子があるって話してくれただけで、作り方は私が調べたんだけど」

すっかり定番のおやつになってしまったわ、と言いながら、シロップのしみたブリオッシュをクリームと一緒に口へ運ぶ。満足そうに、うん、おいしくできてる、とにっこりするのが可愛かった。

「彼女は昔から賢くてセンスがよくて、かっこよかった。皆の憧れだったのよ。今も変わっていない？」

「はい、今もかっこいいです」

私の答えに、さくらさんは「そう」と嬉しそうに笑う。

やっぱり、素敵な人だ。話してみると、もっと素敵。

だからこそ、登和子さんが長い間、裕樹さんにもさくらさんにも会わなかったことに納得がいった。

お似合いの二人に引け目を感じたとか、かなわないと思ったとか、そんな理由で身を引いたのかと最初は思ったけれど、そうじゃない。登和子さんはそういう人じゃない。

さくらさんが素敵な人で、彼女が大事な友達だったから、裕樹さんだけじゃなく彼女のことも大好きだったから、裏切るようなことはできないと思ったのだ。

登和子さんは、かっこよくて、優しい人だから。

「さくらさんと登和子さ……伯母は、どうやって知り合ったんですか？」

「登和子さんでいいわよ。私も、登和子のことを伯母様、なんて呼ぶのはなんだかくすぐったいからやめにするわ。あなたの伯母様なのは間違いないのだけど」

さくらさんはそう言って、小鳥のように首を傾げる。

「登和子と私は、高校の同級生だったの。大学も一緒だった。というか、志望校が一緒だったのがきっかけで話すようになったんじゃなかったかしら。大学の学部は違ったけど」

「ご主人とも、お友達だったと聞きました」

「ええ、そう。主人は大学の一つ先輩で、知り合ったのは登和子と主人のほうが先だったわ。二人は同じ学部だったの」

裕樹さんにさくらさんを紹介したのは、登和子さんだったのだろうか。そのときにはもう、登和子さんは裕樹さんを好きだったんだろうか。

想像すると切なくなったけれど、あまり深く踏み込んではいけない気がした。登和子さん自身が、隠していた想いなのだ。たまたま私は気づいてしまったけれど、登和子さんは、きっと、一生、誰にも自分の気持ちを知らせないつもりだった。

登和子さんを裕樹さんに会わせてあげたい、せめて墓前に花を供えて手を合わせて、好きでしたと伝えさせてあげたいと思っていたけれど――そうすれば、気持ちが昇華されるんじゃないか、楽になるんじゃないのか、なんて、勝手に考えていたけれど。

登和子さんはずっと、叶わなかった恋を、きれいなまま抱いていたいのかもしれない。

さくらさんとの友情を汚さず、裕樹さんと三人の思い出も楽しいものにしておくために、もう二度と会わないことを決めたのかもしれない。

叶わないままでいいと自分で決めて、けれど捨てることもしないで、痛みや切なさも含めて、大事にしているのかも。

だとしたら、ここへ来たのは、完全に私のひとりよがりだった。

急に、自分の子どもっぽい考えと行動が恥ずかしくなる。

これ以上、登和子さんのいないところで、登和子さんの恋について私が知ってはいけない。

私は質問をやめて、シフォンケーキを口に運んだ。

洋酒と、オレンジの香りがする。

さくらさんはしばらくの間、私の食べる様子を眺めていたけれど、やがて「ねえ」と口を開いた。

「今日は、どうして来てくださったの？　とっても嬉しいけれど」

私はふわふわのケーキを飲み込む。

「登和子さんが、ずっとご挨拶に行けていないのを気にしているようだったので……特に、ご主人が亡くなった後、お参りもできなかったことを。でも、何年も経ってしまった後で訪ねていくのもなんだか気まずいみたいで」

言えないこともあるけれど、さくらさんに嘘はつきたくなかったから、慎重に言葉を選んだ。

「ちょうどこちらに来る機会があったので、私が代わりにうかがうことにしました。

ご迷惑かもしれないと思ったんですけど……実は、登和子さんには言わずに来ちゃったんです」

呆れられるかと思ったけれど、さくらさんは「そうだったの」と頷《うなず》いただけだった。

「登和子から連絡なんてずっとなかったのに、どうしたんだろうって思っていたから……それを聞いて納得したわ。登和子は変に義理堅いというか、頑固なところがあるのよね」

彼女はうつむいて小さく息を吐き、困ったように眉尻《まゆじり》を下げる。

「気まずいなんて思わなくていいのに。何年経っていたって、気にしないで、会いにきてくれたら」

そのとき初めて、気になった。今の、登和子さんとの関係——何年も一方的に季節の挨拶を送るだけの関係について、さくらさんはどう思っているのだろう。

ずっと会っていなくて、葉書の返事もないのに、それでも年賀状や暑中見舞いを送り続けている彼女が、その間何を思っていたのか。普通だったら、何十年もの間返事が来なければ、葉書を送るのをやめてしまいそうなものだ。

葉書を送り続けていたということは――いつか返事が来るのを信じて待っていたか、返事がなくても、届いているのならそれでいいと思っていたのだろうか。

どちらにしても、それは、登和子さんとつながっていたいという気持ちの表れのように思えた。

さくらさんが、登和子さんと、以前のような――連絡を取り合うような友達に戻りたいと願って、葉書を送り続けていたのだとしたら、古い写真をずっと大事にしていた登和子さんと少し似ている。

でも、その行動には、よくわからないところもあった。

私だったら、どうしてもつながっていたい友達には、もっと積極的に連絡をとろうとする。

さくらさんは、毎年年賀状や暑中見舞いを送ってはいても、自分から登和子さんに会いに行ったり、電話をかけたりはしていなかったようだ。

暑中見舞いの葉書にも、時候の挨拶のほかにはたった一言、「お元気ですか?」と書いてあっただけだ。

――もしかしたらさくらさんは、登和子さんが何故自分に会おうとしないのか、気づいているのかもしれない。

登和子さんが、苦しい想いを抱いて、自分から身を引いたこと。裕樹さんが亡くなった後も、それが理由で、友達だったさくらさんと顔を合わせづらく思っているだろうことも。

だから踏み込むことはできなくて、それでも、自分はまだあなたを友達だと思っていると、それを示すために毎年、葉書を送っていたのだろうか。

だとしたら、登和子さんも、さくらさんも、それぞれの想いがあって、理由があって、会わずにいたのだ。彼女たちは、裕樹さんが亡くなった後も、互いを思いやっていた。

それに比べると、やっぱり、私の考えや行動は、いかにも子どもっぽい。

私のしていることは、ただのおせっかいだ。改めて恥ずかしくなった。

「ひなきさんは、登和子のことが大好きなのね」

ふいに、さくらさんが言った。

私が顔をあげると、さくらさんは紅茶のカップに両手を添えて微笑んでいる。

「私も、登和子のことが大好きなの。だから、あなたからお手紙をいただいたとき、本当に嬉しかったのよ。来てくださって、ありがとう」

私の考えを見透かしたのかと思うようなタイミングだった。

胸が詰まって、言葉が出ない。

我ながら単純だと笑ってしまいそうだけれど、その一言で、私はいとも簡単に救われた気分になる。

許されたと思った。

もういない裕樹さんを間に挟んで、二人が大切に守っていた世界に、土足で踏み込むような無粋なことをしてしまったのではと思うと泣きそうになったけれど、それが少しでも、さくらさんに希望をもたらしたのなら――もしかしたら、再び二人をつなぐ、きっかけになったなら。

来てよかった。

私はやっとのことで、「はい」と応える。

嬉しいのと同時に照れ臭くなって、うっかりすると涙まで滲みそうになって、慌てて視線をお菓子へ向けた。

「サヴァラン、とってもおいしいです。このビスケットサンドも。クリームが甘くて、いい香りで」

私が泣きそうになったのに気づいていないのか、それとも気づいていないふりをしてくれているのか、さくらさんは「よかった」と笑って、また新しいお菓子を勧めてくれる。

「もう二、三か月もしたら、生栗で作れるんだけど」と残念そうに言いながらマロンのテリーヌを切り分け、一切れお皿にのせてくれた。生の栗でなくても、十分おいしそうだ。

「私、お酒自体はあまりおいしいと思えないのだけど、お酒の風味のお菓子は好きなの。今日は作っていないけど、ワインゼリーとか」

「あっ、私もです。小さい頃からそうだったから、大きくなったら酒飲みになるぞってよく言われました」

「登和子も、お酒が好きだったものね」

あまり強くはなかったけれど、とさくらさんは自分のお皿にもテリーヌをとりながら付け足す。

「今はもう飲んでいないみたいなんですけど……」

「あら、そうなの？」

「あ、でも、登和子さんも、お酒の入ったお菓子は好きみたいです。リキュールボンボンとか」

そう言ったところで、お土産に持ってきたボンボンのことを思い出した。

「今日、お土産にお持ちしたチョコレート、リキュール入りのボンボンなんです。和人さんが、涼しいところに置いてくださるって……」

「どこかしら。……あったわ、これね」

さくらさんはさっと立ち上がり、キッチンを覗いて、ボンボンの箱を手に戻ってくる。

包み紙を見ただけでどの店のものかわかったらしく、顔を輝かせた。

「素敵。私、大好きなのよ」

特にこのお店のがおいしいの、久しぶりだわ、嬉しいわと少女のようにはしゃいだ声をあげる。

「お気に入りのお店だったのだけど、結婚して、こちらへ引っ越してしまってからは、なかなか食べる機会がなくなってしまって。夫が出張に行ったときに買ってきてもらったことはあるけれど……何年ぶりかしら」

こんなに喜んでもらえるなら、買ってきた甲斐《かい》があるというものだ。よかった、と私も笑顔になって——あれ、と思った。

このお菓子が好きな人がいてねと、懐かしそうに話していた登和子さんを思い出す。

あのとき私は、それは、登和子さんの好きな人かと訊いたのだ。

登和子さんは、否定しなかった。

「ご主人も、このお菓子、お好きだったんですか？」

「いいえ、夫は全然お酒が飲めなくて、お菓子や料理に入っているだけでもダメなの。だから、自分ひとりのためにお取り寄せをするのもなんだかためらわれて」

もしかしたら私は、最初から、根本的な勘違いをしていたのではないだろうか。

登和子さんが話していた、リキュールボンボンが大好きだった人。

彼女に、ボンボンのお店を教えた人。

文箱に入れて大事にとってある葉書——登和子さんが、大切そうに眺めている写真。

登和子さんが見ていたのは。結婚式の写真を眺めながら想っていたのは。

「……さくらさん、登和子さんと、お酒を飲んだことがありますか？」

私の質問に、さくらさんは頷く。

「ずいぶん昔に、一度だけね。よく憶えているわ」

「もしかして、登和子さん、そのときけっこう酔っぱらってました?」

ちょっとね、とさくらさんは笑顔で言葉を濁す。

「結婚式のすぐ後だったと思うから……四十年くらい前かしら。二人だけで飲んだのは、あれが最初で最後」

直感した。

きっと、登和子さんが話していた「失敗」は、隠しておかなければならないことを隠しておけなくなったというのは、そのときのことだ。

「登和子さんがお酒を飲んだのは、そのときが最後かもしれません。きっかけがあって飲まなくなったというようなことを、話していたので」

「それは……喜んだらいいのか悲しんだらいいのか、怒ったらいいのかわからないわ。最後の宴《うたげ》のお相手をしたことは光栄なのかもしれないけど……登和子にとっては、大失態の記憶なのかしら」

さくらさんが苦笑する。

気を悪くさせてしまっただろうか。

私が弁明しようとしたのを先回りするかのように、

「私にとっては、悪い思い出じゃないのよ」

歌うように言って、さくらさんはポットに手を伸ばす。

「確かにあのとき登和子は酔っていて、いつもは言わないようなわがままを言った。酔ったときの言動だけが本質だなんて思わないけれど、酔っていなければ聞かせてもらえなかった、あれも登和子の本心だわ。びっくりしたけど、がっかりなんてしなかった。お酒のおかげでそれを知ることができたの」

そのわがままを、私はきいてあげられなかったけど。

さくらさんはそう言って目を細めた。

「いつだってかっこいい登和子が、かっこよくない姿を見せてくれたのはあのときだけで、私、嬉しかった」

その表情が、写真を眺めるときの登和子さんに似ていて、私は、ようやく理解する。

登和子さんの恋は一方通行ではないこと。終わってもいないこと。その事実に、少なくともさくらさんは、気づいていること。

勧められるまま、紅茶のおかわりをいただいた。お酒のたっぷり入ったお菓子を食べても顔色の変わらない私を見て、さくらさんは、登和子より、ひなきさんのほうがお酒には強いみたいね、と笑う。

そのとき、庭に面した大きな窓を、コンコンと外からノックする音がした。ほとんど同時に窓がスライドして、和人さんが顔をのぞかせる。

「お話し中、すみません。さくらさん、雨どいはきれいになりました。あと、高瀬から連絡があって、もうすぐ着くそうです」

庭で作業をしていたらしい和人さんの額には汗が浮いていたけれど、それすらキラキラしていた。少しも暑苦しく見えない。きっと、話し方や立ち居振る舞いに品があるからだ。

さくらさんが、騎士をねぎらう貴婦人のように「ありがとう、和人さん」と声をかけた。

和人さんは、いいえ、と応えてから、

「家の前でお会いしたときから思っていたんですが、仲里さんとさくらさんは、なんだか似ていますね。雰囲気とか」

テーブルを挟んで座った私とさくらさんを見て、ふと気づいたかのように言う。

「そうしていると、俺より仲里さんのほうがさくらさんの孫みたいですよ」

言われてみれば確かに、髪型や、服装の感じは似ているかもしれない。長い髪、長いスカート、淡い色にふんわりしたクラシカルなデザイン。

さくらさんは、そうかしら？　と首を傾げ、私と和人さんとを見比べる。

「こんな可愛らしいお嬢さんと似ているなんて、私は嬉しいけれど」

こちらこそ光栄です、と返しながら、ああ、そうか、と気がついた。

さくらさんを一目見たとき、素敵な人だと思った。

優雅な仕草も話し方も、身に着けているものも、とても好みで、私がそうなりたいと思う理想像だった。好みが同じだということは、似ているということだ。

そして、似ているのは、きっと、偶然じゃない。

紅茶が好きで甘いものが好きで、特にリキュールボンボンが好物で、きれいで繊細で可愛らしいものが好き。

私をそういう風に育てたのは、登和子さんだった。

友達を待たせているからと私が言うと、さくらさんは、名残惜しいわと言いながら、お菓子を包んでくれた。

日持ちするものだけを選んで二つの箱に分けて詰め、しっかりした紙袋に入れて持たせてくれる。

「秋になれば、生の栗を煮てテリーヌを作れるわ。切り口に大きな栗が見えて、見た目も豪華になるの。また食べてもらえる機会があるといいのだけど」

今度は登和子さんも一緒に、と、言葉に出さなくても伝わった。私は使命感を持って、うやうやしく紙袋を受け取った。

「荷物を増やして申し訳ないけれど」

「いいえ、嬉しいです。ありがとうございます。登和子さんに渡しますね」

お菓子はどれもおいしかったけれど、特に栗のテリーヌは登和子さんの好きなブランデーを使っていると、お茶を飲みながら教えてもらったばかりだ。

さくらさんが、サヴァランやクリームのお菓子だけじゃなく、日持ちのする焼き菓子をたくさん用意していた理由は、もうわかっていた。

渡された紙袋は、見た目よりしっかりとした重みがあり、厳重に包装されていても、ほのかに甘い香りがする。

「お酒をたっぷり使っているから、数日はもつわ。でも、作りたてを食べてほしいものや、持ち帰ってもらえないお菓子もあるの。カルヴァドスとりんごのアイスクリームとか。サヴァランだって、持ち歩きには向かないわ」

さくらさんは、まっすぐに私を見て、ゆっくりと言った。

まるで、私を通して、その向こうの登和子さんを見るように。

「気が向いたら食べに来てって、伝えてくださる？」

お酒が好きだけれど強くはなかったという登和子さんが、一度だけ、酔って醜態をさらしたという思い出。秘密にしておくはずだったことを、口に出してしまったという――そのことを、登和子さんも、さくらさんも、憶えている。

たっぷりの洋酒入りのお菓子。

もう一度、こんどこそ、あなたの本心が聞きたいわと、さくらさんからのメッセージが伝わった。

「はい。必ず、伝えます」

大事に大事に紙袋を抱えて、私は彼女に約束した。

さくらさんに見送られて玄関を出て、れんが造りの門柱をくぐると、家の前の歩道で和人さんに会った。

右手に高枝切り鋏を、左手には大きなビニール袋を持っている。ビニールから、緑色の木の葉や枝が透けて見えていた。塀の向こうに突き出してしまった枝を切ったり、落ちた葉を集めたりしていたらしい。

お帰りですか、と声をかけてくれたので、お邪魔しましたと頭を下げた。

「レディーをお見送りするのに、またこんな格好ですみません」

「いえ。かっこいいです、軍手とタオル姿でも」

紳士も淑女も、服装よりもその在りようだ。

私が言うと、和人さんは袋を足元に置き、首にかけていたタオルで汗を拭いて笑う。

「やっぱり、あなたはさくらさんに似ています」

「和人さんも、登和子さんに似ていますよ」

和人さんは、おや、という顔をした。

驚いたというより、やっぱりそうですか、あるいは、気づきましたか、と言っているように見える。

私は笑顔を返した。

多くを語らなくても、おそらく二人とも、自分たちが似た立場であると理解していた。

「登和子さんのことは、さくらさんから、何度も聞いたことがありました。王子様みたいな人だったって。女の人なのはわかっていますけど」

「私は、登和子さんから、さくらさんの話を聞いたことはないと思っていたんです。でも、今日お会いして、ああ、登和子さんが話していたあれはさくらさんのことだったのか、って気がつきました」

まるで同志のような連帯感を抱きながら、お互い、困ったものですねというように笑いあった。

「さくらさんは、ずっと、俺の理解者でした。もちろん今も。あなたにとっての登和子さんも、そうではないですか」

私が頷くと、和人さんはふっと目を細める。

「さくらさんが、昔、話してくれたことがあります。一緒にはいられなかったけれど、ずっと好きな人がいて、ふとしたときに、その人のことを考えると」

登和子さんと同じだ。

あっと思った、それが表情に出ていたようで、和人さんは私を見て小さく頷く。

「その頃まだ祖父は生きていたので、俺はびっくりしましたよ。おじいちゃんのこと好きじゃないの、って言ってしまいました。さくらさんは笑って、おじいちゃんも好きよ、その人のことは、また違う好きなのよ、って答えたんじゃなかったかな」

「……すごい」

まだ子どもの孫に、そんな話をするということ自体がすごい。きっと和人さんは、特別頭のいい子どもで、さくらさんとも仲がよかったのだろうけれど、それでも。

和人さんは、「そういう人なんですよ」と笑った。

「その後何度か、俺のほうから、その人のことをまだ好きかって訊いたんです。さくらさんはいつも、好きよって答えました」

風が吹いて、和人さんの持ったビニール袋がかさかさと鳴る。

私は帽子を手で押さえた。左手に提げた紙袋のケーキが甘く香った。

「今の自分は幸せで、後悔しているわけじゃないけど、一番好きな人に好きだと言っていたら、その人といることを選んでいたら、どうなっていただろうと、今でも考えると言っていました。その人の話をするとき、さくらさんは悲しそうじゃなかった。でも、俺は、いつかさくらさんが、その人と会えたらいいなって思っていました」

その人が誰なのか俺が気づいたのは、ここ数年のことなんですけど、とつけ足す。

「さくらさんは、そういう人で――だから、俺にも、好きにさせてくれた。さくらさんだけが、一度も、俺の選択に反対をしなかったんです」

和人さんが目を向けた先に、紺色の車が見える。

彼は、坂を上ってこちらへ近づいてくる車に向かって片手をあげた。

運転しているのは、二人でさくらさんの手伝いに来たと言っていた、彼の友人だろう。さくらさんから頼まれた買い物を済ませて、戻ってきたようだ。

「ありがとうございました。来てよかったです」

「こちらこそ、お会いできてよかったです。……駅へ行かれるんですか？」

「あ、いえ、友達と、この近くのホテルで待ち合わせしているんです。歩いて行ける距離なので」

ホテルの名前を聞いて、和人さんは、ここからなら、こう行くのがわかりやすいですよ、と丁寧に道案内をしてくれた。

「是非またいらしてください」

「はい。ありがとうございます。きっと」

もう一度お礼を言って歩き出して、すぐに、紺色の車とすれ違う。

少ししてから振り返ると、痩《や》せた男の人が、車から降りるところだった。高枝切り鋏とビニール袋を置いて出てきた和人さんが、彼から買い物袋を受け取っている。

二人はとても親しげに見えた。

友人、と呼ぶには距離が近い気がする。それ以上に、彼に向ける和人さんの表情が違った。

もしかしてと気がついたのと同時に、ふとこちらを見た和人さんと目が合って、微笑まれる。

その目が、正解ですよと言っているようだった。

私は頭を下げて、また前を向き、歩き出した。

お菓子と洋酒の香りをまとって、できるだけ優雅に、姿勢よく。

初恋ソーダ

坂井希久子

坂井希久子（さかい きくこ）

1977年、和歌山県生まれ。2008年「虫のいどころ」でオール讀物新人賞を受賞しデビュー。17年『ほかほか蕗ご飯 居酒屋ぜんや』で髙田郁賞、歴史時代作家クラブ賞新人賞を受賞。主な著書に『ヒーローインタビュー』『若旦那のひざまくら』『妻の終活』『花は散っても』『雨の日は、一回休み』など。

一

艶々《つやつや》と暗紅《あんこう》色に光る、白雪姫の毒林檎《りんご》にも似たそれを、皮つきのまま輪切りにしてゆく。種を取り除き、端のほうのひと切れを齧《かじ》ってみた。

もちろん、毒はない。この品種は香りがよく、甘みと酸味のバランスもいい。

ブランデーを、試してみようか。

三島果歩《みしまかほ》はずり落ちかけた黒縁眼鏡を押し上げて、キャビネットの下の扉を開く。ホワイトリカー、ウォッカにジン、それからブランデー。銘柄は様々ながら、並んでいるのはすべてスピリッツだ。その中から果歩が選び出したのは、「五一ブランデーVO」。信州のワイナリーで作られているブランデーである。

去年これで梅酒を漬けてみたら、香りが高くフルーティーに仕上がった。近年は果実酒用と謳うブランデーも多く出ているが、それよりも圧倒的に美味しくて、一八〇〇ミリリットルの大容量もありがたい。それ以来、いつでも使えるように常備している。

林檎には、ブランデーが合う。氷砂糖を多めにして、こっくりと甘くしてみよう。スパイスとして、シナモンスティックやクローブを入れるのもいい。

煮沸消毒をしてしっかり乾かしておいたセラーメイトの二リットル瓶に、カットした林檎と氷砂糖、スパイスを入れ、ブランデーをたっぷりと注いでゆく。密閉瓶の金具のラインまで満たされたら、蓋《ふた》をしてひたすら放置。三ヵ月ほどで美味しく飲めるようになる。

これから寒くなる季節。仕上がったら温かい紅茶に垂らして、ふうふう吹き冷まして飲むもよし。ブランデーがたっぷり染みた林檎を小さくカットして、アイスクリームに交ぜ込み、コタツで食べるのもまたよし。

想像するだけで、口元が弛《ゆる》む。ここ数年で冷え性が進行しているけれど、寒い冬が待ち遠しくなる。

楽しみは、しばらくお預け。果実の風味はじっくりじっくり、時間をかけて溶けだしてゆく。スピリッツの種類や、氷砂糖の配分を変えるだけでまったく違う風味になるのが面白い。

密閉瓶に「十月十六日」と日付を書いたシールを貼って、美味しくなぁれと念を飛ばす。女四十、独身の一人暮らし。今や先の楽しみといえば、このくらいしかない。

果実酒の保管用に購入したキャビネットは、広口瓶とスピリッツでほぼ埋まっており、空いたところに林檎酒の瓶を押し込むと満杯になってしまった。収納スペースがあると、気が大きくなって作りすぎる。

たとえばキング・オブ・果実酒である梅酒は、ホワイトリカー、ブランデー、テキーラとベースを変えてここ三年分。ライムはジンに漬け込んでおけば、簡単にジントニックが作れて便利だ。

苺はウィスキー、ブルーベリーは糖分を加えずにホワイトリカー、レモンはビターな風味を活かしたくて皮つきのままウォッカに。果実ではないが、夏の間に安く手に入った青じそも、焼酎に漬け込んである。

これだけ見るとひどい酒飲みのようだが、果実酒は待つ時間は長くても、飲みはじめるとすぐになくなる。漬け込み期間によって味が深くまろやかになってゆくものは、少しずつ、大切に飲んでいる。

さてすでにお風呂は済ませたし、持ち帰りの仕事もない。寝る時間までのんびりと、ネット配信の海外ドラマでも観るとしよう。お伴となるお酒は——そろそろ、今年の梅酒が飲めるころだ。

熟成させると深みが出て美味しいけれど、若さのあるフレッシュな味も捨てがたい。さっぱりとしたホワイトリカーベースの、味見といこう。

果実酒のためだけにわざわざ買ったカンロレードルで、ひと掬《すく》い。同僚の結婚式の引き出物にもらった、ウェッジウッドのタンブラーへと注ぐ。

鼻を近づけてみると、爽やかな梅の香り。ひと口含めばさらにふんわりと広がってゆく。梅特有の、甘酸っぱさが活きている。

「美味しい」

グラスを目の高さに持ち上げて、うっとりと呟《つぶや》いた。キッチンのダウンライトに照らされて、琥珀《こはく》色の液体が揺れている。無色透明だったはずのホワイトリカーが、こんな色に染まるのだから面白い。

氷砂糖を多めに入れたほうが失敗は少ないが、作り慣れてきたこともあって、できるかぎり量を減らした。おかげで甘ったるさがなく、すっきりと飲める。

これならストレートでも大丈夫。おつまみは、クリームチーズをおかかで和《あ》えよう。

梅酒には、これが合う。

狙い通りの味になりつつあるのが嬉しくて、果歩は一人でうふふと笑う。たとえ苦みや渋みが出てしまっても、飲みかたを工夫すればいいのだから、それはそれで愛おしい味だ。ゆっくりと育ってゆく果実酒が、近ごろ可愛くってならない。

本当は林檎酒も、品種やベースを変えて作ってみたいのだが。

品種が多い林檎は、なにを使うかで風味が少しずつ変わってくる。せっかくだから何種類かを漬け込んで、飲み比べをしたいところだ。

だけどもう、収納できる場所がない。

キャビネットを増やそうかな。

ぐるりと、部屋の中を見回してみる。

十・五畳の、ワンルーム。五年前に越してきたときは、一人暮らしには充分な広さだと思ったはずなのに。暮らしてゆくうちに物が増え、キャビネットがもう一台置けるスペースはどこにもない。

たとえばセミダブルのベッドを処分して、布団にしてしまうとか。

そうすれば空間を、広く使える。でもクローゼットも一杯で、畳んだ布団を仕舞う場所がない。それに下がフローリングでは、なんだか体が痛そうだ。ならば、ソファ。床のラグに座る癖があるせいで、たいてい背もたれ代わりになっている。でもこのメーカーのパッチワークデザインは生産が終了していて、手放してしまうと、もう二度と手に入らない。

思い切って、少し広い部屋に引っ越すか。せめて1LDK。更新まであと一年あるのがもったいない気もするが、スペースがあれば、今年は諦めるしかないと思っていた金柑《きんかん》や柚子《ゆず》や花梨《かりん》を漬け込むこともできる。

けれどもまた、敷金礼金を支払わなければいけないのなら。

「いっそのこと、買っちゃう？」

思いつきが、声に出ていた。

できれば四〇平米以上の1LDK。中古マンションなら今住んでいる四谷《よつや》界隈でも、安くて二千万円代後半から。エリアを広げればもう少しお手頃な物件もある。勤め先の規模と年収を考えれば、ローンの審査が通らないということはないだろう。頭金を多めに払えば、その後の返済も楽になる。

貯金なら、大丈夫。なにしろ大学新卒で入社してから、これといった趣味もなく働き続けてきたのだ。男に貢いでしまったこともあったけど、それを差し引いても、貯めてきたものがある。

地元宮城から進学のために上京して以来、なんとなく浮草のような気分で生きてきた。この歳まで家庭を持たずにいるせいだと思っていたが、マンションという資産を持つことで、腰が据わるのではないだろうか。

考えれば考えるほど、買わない理由が見つからない。

「三島さん。ねぇ、聞いてる？」

焦《じ》れたような呼びかけに、果歩はハッと顔を上げた。同期入社の清水詩織《しみずしおり》が、タブレットを片手に首を傾《かし》げる。

在庫が積み上がった、狭苦しいバックヤードの一角だ。折り畳みの机と椅子もあるにはあるが、広げると通路が塞《ふさ》がってしまうため、立ったままでの打ち合わせの最中だった。

「ああ、ごめん」

「目の下、クマできてるよ。寝不足？」

「うん、ちょっとね」

気心の知れた相手だから、仕事中は敬称つきで呼び合うよう心掛けていても、口調がついフランクになる。

「忙しいだろうけど、ちゃんと寝なよ」と、自分も睡眠が足りているとは思えない顔で詩織が笑う。

四十の大台に乗ったせいか、いや二、三年前からその兆しはあったのだが、近ごろ無理の利《き》かない体になってきた。睡眠を削るとてきめんに、翌日の体調に表れる。頭がまともに働かず、仕事の質を下げることになる。

だから睡眠は最低でも六時間、可能であれば七時間と決めているのだが、昨夜はつい、時間を忘れて不動産情報サイトに没頭してしまった。

希望条件やエリアを入力すれば、物件はいくらでも出てくる。都内にこだわらず検索範囲を埼玉や千葉にまで広げれば、もっと現実的な価格になる。

神奈川方面も見てみようと思ったころには、すでに夜中の二時を過ぎていた。近い将来買うことになるかもしれないマンションは、吟味のしどころがいくらでもある。立地に築年数に資産価値、間取りや設備の使いやすさ、細かい文字まで拾ってじっくり見てゆくと、時間などいくらあっても足りなかった。

誰か、詳しい人に相談できるといいのだけれど。大手の情報サイトには相談窓口もあるようだから、申し込みをしてみようか。

「ほら、またぼおっとしてる」

いけない、気を抜くとすぐ思考があらぬところへ流れてしまう。今は仕事と、果歩は手にしていたタッチペンの尻でこめかみを叩く。

「大丈夫、切り替えた。『冬のあったかフェア』のラインナップは、清水さんがピックアップしてくれたものでだいたいOK」

「だいたい？」

「ペット用の防寒グッズも加えてみない？　ふかふかのベッドや、フリースの服。このモール、ドッグランがあるくせにペット関連商品の取り扱いが薄いよね」

「それはそうね。うちのペットハウススツールも依然人気だし」

詩織が頷《うなず》き、タブレットに書き込みをしてゆく。冬の売り場作りについて、意見のすり合わせをしているところだ。

インテリア小売業の大手に就職し、早や十七年。果歩は順調に出世をし、板橋区、北区、豊島区、練馬区にある七店舗が担当の、エリアマネージャーをしている。

一方同期の詩織は、練馬区のモールに入っているこの店舗の、店長代理。

二人とも、氷河期世代だ。採用人数が絞られた中で、新卒女子はお互いだけだった。元々女性社員の少ない会社で、「うちの購買層なんて、ほとんど女性でしょうが」と愚痴を言い合いながら仲良くなった。

狭き門を、潜《くぐ》り抜けてきたという自覚はあった。自信のあった企画がおじさん上司に潰《つぶ》されたときには、「我が社初の女性役員にまで上り詰めてやる」と息巻いた。それなのに四十歳になってふと現実を見てみれば、肩書きに差がついている。実力差じゃない。詩織が結婚、妊娠、出産を経験し、果歩がそれらすべてをスルーしてきたというだけの違いだ。

今でも本部に詩織がいないのを、「どうしてだろう」と思ってしまう。育休を終えて今年の春から職場復帰を果たしたものの、詩織は経営計画室から店舗運営部へと回されて、入社二、三年目の社員でもできるような仕事に甘んじている。

「マミートラックっていうんだって」と、復帰後間もなくの詩織が言った。出産を機にキャリアコースから外されて、代わり映えのしない仕事を続けてゆくのは、あたかも陸上競技のトラックをぐるぐると回っているだけのようなもの。

説明をされなくてもその情景が頭に浮かんだのは、同じような先輩を幾人も見てきたせいか。それとも、自分が選び取れなかったほうの人生だからか。

キャリアではずっと先を行っているはずなのに、取り残された気がするのはどうしてだろう。

「じゃあ、レイアウトはこんな感じで」

「うん、いいね。でも、ここの動線は確保したほうが」

「ここを開けると、什器《じゅうき》の強度がいまいちなんだよね」

「なるほど、了解。リスクを考えてあるなら文句なし」

詩織相手の打ち合わせは、さすがに入社二、三年目の社員とは勝手が違う。提案に「なんとなく」がないし、理解が早くてスムーズだ。お互いのタブレットに必要事項をメモ書きし、通常の半分ほどの時間で終わった。

確認事項は念のためメールで送ることにして、果歩は「よし」と顔を上げる。

「残り時間で、ちょっと売り場に立ってみようかな」

「うん、そうしてやって。店長が喜ぶから」

「萎縮する、の間違いでしょ」

冗談めかして言ってやると、詩織が「ははっ」と乾いた声で笑った。

ここの店長は、店舗採用の叩き上げだ。現場主義なのはいいのだけれど、内輪ノリが行きすぎていて、強く注意してからは妙にこちらの顔色を窺ってくる。詩織が店長代理として配属されてからはさらにやりづらくなったのか、存在感が薄れていた。

二十代のころはなにをやっても若い女というだけで軽くあしらわれ、相手にされないことも多かった。それがついに、恐れられるまでになったか。

黒髪をひっつめて、黒縁眼鏡に黒のパンツスーツ。なめられないためにはじめたファッションが、すっかり板についてしまった。

怖い、キツい、隙《すき》がない。だから結婚できないんだ。

そんなふうに、陰口を叩かれているのも知っている。

この歳まで独身でいると、どこかに欠陥があるんじゃないかと勘繰られる。それは男も女も同じだ。その点では、女ばかりが結婚を焦らされた三十代とは違って気が楽だった。

「あっ、三島」

スーツの胸ポケットに名札をつけて売り場に出ようとしたところを、詩織に呼び止められた。敬称略だ。

「今日、残業なしで上がれるんだよね」

「うん、大丈夫。そっちこそ平気？」

「平気、平気。ヒロキにお任せ！」

何度か会ったことがあるけれど、詩織の夫はのっぺりとした優しそうな人だ。優柔不断にも見えたけど、即断即決の詩織には、そんな人が合っているのだろう。

「だから、つき合ってよね。卒乳祝い」

そう言うと詩織は左手を腰に当て、右手でジョッキを傾ける仕草をした。

二

「マンション？　やだ、本気？」

三杯目のビールジョッキから口を離し、詩織がおしぼりで泡を拭う。

妊活中も含めれば、三年ぶりの飲酒らしい。お洒落な店より赤提灯がいいというリクエストで、焼き鳥屋に入った。ビール党の詩織は、実に幸せそうだ。

果歩も一杯目はビールにつき合い、二杯目は黒糖梅酒のロック。黒糖のコクと香ばしさは、氷砂糖とはまたひと味違う。自分でも、漬けてみたいなと思う。

そのためにはやっぱり、広い部屋だ。

「いや、べつに構わないんだけどさ。結婚はもういいの？」

直接的な質問も、詩織なら許せる。なにせ三十代の迷走を、ことごとく知られているのだから。

「いいもなにも、未婚の四十歳女性が五年以内に結婚できる確率って、九パーセントくらいらしいよ。十人に一人もいないわけよ。無理でしょう」

「データにとらわれがちなのが、三島の悪いところ。そうじゃなくて、アンタの心情を聞いてるの」

「心情って言われてもねぇ」

五年前に恋人と別れてから、婚活パーティーには二、三度参加した。けれども同じ世代の男性が狙う相手は、たいてい自分たちより若い世代。歳上の男性だって、希望するのは三十代前半までだ。

直視するのが耐えがたい、市場価値の暴落ぶり。あまりの惨状に傷ついて、もういいやと投げ出してしまった。

婚活アプリなんかも、相手を条件で絞るシステムがしっくりこない。アドバイザーからは結婚相手に求める条件を明確にしなさいと叱られもしたが、人間性はそれだけじゃ測れないでしょうと、夢見がちなことを考えてしまう。

「べつにもう、いいかなって」

結果として、そんな心境になってしまった。

このまま一人で、いくつまで働き続ければいいんだろうとか、重い病気になったらどうしようとか、不安なことはいくらでもある。でもそれは、無理に相手を見つけて解消しなきゃいけないことか。

この人と思って選んだ相手が、かえって重荷になることだってある。

「それに私、男の人の趣味悪いし」

「滝沢《たきざわ》め」

詩織が憎々しげにねぎま串にかぶりつく。滝沢は趣味が悪い男の代表としてすぐ名前が出てくる程度には、いろいろあった元彼だ。

「その節は、ご迷惑をおかけしまして」

「本当だよ。何度あいつの『前衛的な』芝居を観せられたと思ってんの」

滝沢は、劇団員だった。当時果歩が出入りしていたバーでアルバイトをしており、人懐っこさにほだされているうちに、部屋に転がり込まれて四年半つき合った。

五つ歳下の、甘え上手。公演チケットのノルマが捌《さば》けないときは、果歩が買い上げて友人に配った。お金は取らなかったけど、滝沢のプライドのためにも、売れたということにしていた。

「実際に、お金出してまで観たいものじゃなかったよね」

「タダでもキツかったって、あれは」

今なら笑い話にもできる。でもあのころの果歩は、滝沢のバックアップに必死だった。家賃も光熱費も食費も、一度も請求しなかった。「いつもごめんね」としょげる滝沢を、「いいよ、芽が出たら贅沢《ぜいたく》させてもらうから」と励ましたりもした。

滝沢が地元に帰ると言いだしたのは、彼の三十歳の誕生日まで、あとひと月を切ったころだった。「元々、夢を追うのは三十までって決めてたんだ」と、初耳な話を聞かされた。

「ごめんね、果歩ちゃん。今までありがとう」

そう言われてようやく、別れ話だと気がついた。三十までと決めていた滝沢は、果歩とのその後を少しも考えていなかった。

仮についてきてほしいと言われても、承諾したかどうかは分からない。滝沢の実家は鹿児島で、黒豚を育てていた。縁もゆかりもない土地で、農家の嫁に収まる覚悟はたぶん持てなかったと思う。

それでも、一緒に来てほしいと言われたかった。矛盾しているけれど、だったらこの四年半はなんだったのかと問いたかった。ただお金をかけずに暮らすために、利用されていただけなのか。

現実を突きつけられるのが怖くて、けっきょく問い詰めることもできなかった。たぶん果歩は知っていた。役者として身を立てたいと言うわりに、滝沢に真剣みがなかったこと。大雑把なくせに、避妊にだけは異様に気を配っていたこと。「今が一番大事だからさ」とは言っても、未来を想像させる話は一度も口にしなかったこと。

知っていて、目を瞑《つむ》っていた。好きだったから。離れたくはなかったから。

そのくせ帰省のたびに親から結婚の催促をされても、恋人がいると打ち明けることはできなかった。

「あ、どうしよう。久しぶりに思い出すと辛い」

「ちょっと、まだ引きずってんの？」

「噂によるとあの人今、三歳と一歳の子供がいるらしいんだよね」

「やだ、増殖してる」

腹立ちまぎれに、砂肝を嚙む。串入れに、使用済みの串がどんどん刺さってゆく。カウンターとテーブル席が四つあるだけの店内は炭焼きの煙に燻《いぶ》されて、壁に貼られたお品書きまで味のある色に染まっている。

黒糖梅酒ロックと生ビールのお代わりを頼んでから、果歩は厚揚げ焼きに箸をつけた。

「ねぇ、子供がいるってどんな感じ？」

「お、酔ってきたね」

追加のドリンクが運ばれてきた。代わりに空いたジョッキとグラスを店員に手渡す。ビールの泡でハルク・ホーガンも真っ青な髭《ひげ》を作り、詩織がにかっと笑った。

「不便だよ。仕事もメインストリームから外れたって気がするし、こうして居酒屋でビールを飲むことさえ、当たり前でなくなった。自分の人生が奪われているみたいで、どうにもやり切れなくなることがある。そのくせ八ヵ月で保育園に預けて職場復帰ってなったら、もっと傍にいてやったほうがいいんじゃないかと悩んだり、一人歩きができるようになったって保育士さんから聞かされて、一番に見たかったと涙ぐんだりもする」

口にしているのはほぼ愚痴なのに、その表情は晴れやかだった。

「でもま、しょうがないよね。もうナオのいない世界には戻れないし、考えたくもない。体はキツいし悩みごとも増えたけど、全部帳消しになっちゃう瞬間があるから。妊活頑張った甲斐《かい》があったよ」

「そっかぁ」

「いいよ、子供。予測不可能で」

カランと、手にしたグラスの中で氷が鳴る。とろりとした甘い梅酒。心の表面のささくれも、優しく覆ってくれればいいのに。

「地元の小学校で、この夏タイムカプセルが開かれたらしいんだけどさ」

それは果歩たちが六年生だったときに、卒業記念で埋めたものだ。本当は二十年後に開けるはずだったのに、すっかり忘れていて四十の節目で開くことになった。みんなで「二十年後の私」宛てに、手紙を書いて入れたはずだ。

「出てきた手紙は、実家で預かってくれてる。でもね、見なくても中身を覚えてるんだよね。書き出しがさ、『二十年後の私へ。こんにちは、三島果歩さん。ううん、苗字はきっと変わってるよね。子供は何人いますか。もしかしたら、同じ小学校に通ってるかもしれませんね』なの」

「うわぁ、記憶力がいいって辛い」

「そうなの。子供時代の無邪気さが、時空を超えて背中を刺してくるの」

真っ赤なランドセルを背負った、十二歳。あのころは当たり前に生きていれば当たり前に結婚をして、当たり前に子供ができるものと信じていた。果歩の他に二人の弟をもうけ、生花店を切り盛りしていた両親のように。

好きな男の子だっていた。足が速いだけが取り柄みたいな子だったけど、明るくてクラスの人気者だった。

思えばあれが、初恋だ。笑いかけられるだけで胸の中が炭酸の泡に撫《な》でられたようにくすぐったくて、どうしていいのか分からなくなった。彼の苗字に自分の名前をくっつけて、悪くないとほくそ笑んだりもした。「手首の際を押して出たコブの数が、将来の子供の数だよ」と言って、「私、三人」なんてはしゃいだこともあった。

十二歳の果歩ちゃんは、二十年後どころか二十八年後の自分がまだ一人でいると知ったら、いったいどんな顔をするのだろう。

「ちょっと待って、暗い暗い。私の卒乳祝いだって言ってんでしょ」

詩織に、額をぺちんと叩かれた。痛くはない。それでも果歩は、唇を尖《とが》らせてみせる。

「意外だよね。卒乳なんて、とっくにしてると思ってた」

「もともと出のいいほうじゃなかったから、朝と晩だけね。職場復帰を機にやめようとも思ったんだけど、ナオがあんまり美味しそうに飲むからさ」

「そのために、今日までお酒を我慢してたわけね」

「そう、本当に辛かった。ヒロキが酔って帰るたび、何度殺してやろうかと思ったことか」

「まぁまぁ。こうして外で飲む機会を作ってくれたわけだしさ」

「私の耐え忍んできた日々に比べれば、奴の気遣いなんか軽すぎるくらいだわ」

フンと鼻を鳴らしてから、詩織は「ま、感謝はしてるけど」とつけ加える。

話を聞くかぎりヒロキくんは、家事や育児には協力的だ。主体性はないけれど、やってと言えば動いてくれる。仕事はできる人らしいのに、家庭では指示待ち族になってしまうのだから不思議だ。

「おっと、噂をすればLINEがきたわ」

詩織がテーブルに伏せて置いてあったスマホを手に取る。さっきから『ナオちゃん、晩ご飯食べたよ』とか、『お風呂終了』とか、ヒロキくんからの報告が届いている。久しぶりの自由時間なのに鬱陶《うっとう》しくはないのかと思うが、詩織もそのほうが安心のようで、こまめに返事を返していた。

「ああ」と、詩織が大仰に肩を落とす。

「どうした?」

尋ねると、げんなりとした顔でテーブルに肘《ひじ》をついた。

「ナオが寝ぐずりして全然寝ないって、SOS」

カツカツカツ、スマホの画面を爪の先で突く。詩織の頬に、苛立ちが滲《にじ》んでいる。

「ああ、もう。『どうしよう?』じゃないよ。寝るまで三時間でも四時間でも、あやすんだよ」

せっかくの、卒乳祝い。快く送り出してくれたはいいけれど、ヒロキくんでは手に余る事態が発生しているらしい。

「寝ぐずり、ひどいの？」

「だいぶマシになってきたけど、たまにね」

三時間でも四時間でも、詩織は誰にも丸投げできずにナオちゃんをあやしてきたのだろう。その姿を傍で見てきたはずなのに、ヒロキくんときたら音を上げるのが早すぎる。時計を見れば、まだ八時を少し過ぎたところだった。

「お願いだから、一人でも面倒見られるようになってよ。私が急に入院でもしたらどうすんのよ」

嘆きつつ、詩織がなにやら返事を打ち込んでいる。今日は卒乳祝いであると同時に、ヒロキくんの演習の日でもあったのだ。不測の事態に備えて、子供のことはなんでもできるようになってほしい。たしか詩織もヒロキくんも、実家は遠方だ。

「あっ、ナオの泣き顔送ってきた。これ、遠回しに帰って来いって言ってるよね。めっちゃ腹立つ」

「今日のところは、帰ってあげたら。心配でしょ」

「いや、でもさぁ」

即断即決の詩織が、珍しく迷いを見せる。ここで帰るのがヒロキくんの、ひいてはナオちゃんのためになるのかと考えている。そういえば詩織は、新人教育の進めかたも性急だった。自分ができるぶん、相手がモタモタしているわけが分からないのだ。

「少しずついこうよ。こういう機会を増やしてさ。幸いにも私、夜は体が空いてるから」

自虐を交えてそう言うと、詩織は「笑いづらいわ」と顔をしかめつつ笑った。

「ごめん、じゃあお言葉に甘えて」

椅子の座面の下に、荷物が収納できる造りになっている。詩織はサッと立ち上がり、バッグを肩にかけて片手拝みをしてくる。行動が素早い。本心では、ナオちゃんの元に駆けつけてやりたいのだ。

「三島はゆっくりしてって。ここまでの伝票、払っとく」

「いいよ、お祝いなんだし」

「ううん、さすがに申し訳ない。次、奢《おご》って」

「分かった」

てきぱきと帰り支度を済ませ、詩織一人がレジへと向かう。大股ぎみの、堂々とした歩き姿は昔っから変わらない。彼女はいつだって自分の選択に自信を持ち、毅然と前を向いていた。

「不便」と言いきった今の生活も、きっと後悔することはない。自分で決めて、選び取ってきた。それなのに人生の重要な選択をなにもしてこなかった果歩が出世してしまうのは、皮肉な話だ。

店を出てゆく詩織に手を振り返し、座ったまま見送った。

ゆっくりしてってと言われても、空腹はそれなりに満たされている。皿に残っている料理を片づけたら、出るとしよう。

詩織が飲み残したビールが、ジョッキに半分ほど残っている。もったいない精神が働き、引き寄せて口をつけた。

黒糖梅酒の甘さに慣れた舌を、ぬるくなったビールが洗ってゆく。

「にがっ」と、呟いていた。

新宿三丁目で副都心線から丸ノ内線に乗り換えたところで、詩織からLINEがきた。ナオちゃんは、どうにかこうにか寝ついたようだ。

『本当にごめんね』ともう一度謝ってから、『ちなみにマンションは、資産価値第一で選びなよ』とアドバイスを書き送ってくる。

『この先、ぜったいに結婚しないともかぎらないんだからさ。売るなり貸すなりするなら、やっぱり都心だよ』

「資産価値ねぇ」と、口の中だけで呟く。

そのあたりも、昨夜睡眠時間を削って調べた。中古マンションの価格が下がりづらいのは、湾岸エリア、再開発が進む渋谷界隈、それから高級住宅街の多い東急東横線エリア。

もちろん、販売価格もそれなりだ。一人で生きてゆく可能性のほうが高いのだから、無理なローンは組みたくない。

詩織には『分かった。もっとよく調べてみる』と返事をしてから、スマホを仕舞った。

地下鉄の窓に映る顔は、鏡で見るよりやつれている。照明の関係で、陰影が強調されるせいだろうか。落ち窪んだ目元に、ほうれい線。表情がないからよけいに老けて見える。

このまま一人で、老いて、死ぬ。そう思ったら、腰のあたりにぞくりと冷たいものが走った。

まだ九時にもなっていないから、飲み直そうかと思っていた。でも、自宅はダメだ。こんな気分で帰っても、きっとお酒は美味しくないし、悪酔いする。

もうすぐ四谷三丁目。果歩の最寄り駅に着いてしまう。

三

地下鉄の駅を一つ乗り越して、四ツ谷で降りた。

駅からほど近いビルの半地下に、カンパニュラというこぢんまりとしたバーがある。滝沢と別れてから、引っ越しをしたこともあり、彼がアルバイトをしていたバーには行かなくなった。その代わりに、見つけた店だ。

「こんばんは」とドアを押して入ると、白髪を後ろで束ねたマスターが「よっ!」とカウンターの向こうで手を上げた。

本当に狭い店だ。カウンターにスツールが六脚あるだけで、手作り感に溢《あふ》れた内装もお洒落じゃない。でも一枚板のカウンターのニスの塗りかた一つとっても、マスターの温かくて少し雑な人柄が滲み出ていて、心地よい。

「ああ、果歩ちゃん」と、奥のスツールに腰掛けていた男も手を上げた。

やっぱり、いた。

カジュアルシャツにデニムという装いながら、たぶん仕事帰りだ。シャツのボタンはすべて開けていて、下に黒いTシャツを着ている。ぽっこりと突き出たお腹は、見なかったことにした。

「山城《やましろ》さんも、お久しぶりです」

他に客の姿はなく、果歩はその隣に腰掛ける。山城は、マスター特製の牛すじカレーを食べていた。彼はこのカレーを目当てに、かなりの頻度でカンパニュラに通っている。

スツールに座ると目の前にはずらりと広口瓶が並んでおり、よけいに圧迫感が増す。様々な果物が、じっくりと漬け込まれている。

マスターが広口瓶越しに腕を伸ばし、ナッツを盛った小皿を置いてくれた。さっそくピーナッツをつまみ、尋ねてみる。

「師匠、またなにか、珍しいの作りました?」

果歩が果実酒作りにハマったきっかけが、この店だ。マスターときたら、手に入った果物はなんでもお酒に漬けてしまう。果実酒といえば梅酒くらいしか飲んだことのなかった果歩は、まずその種類の多さに圧倒された。

ここではじめて飲んだのが、ウィスキーベースの苺酒だった。苺の色素でほんのりとピンクに染まったウィスキーは、ソーダで割るとさらに淡く、鼻先に甘酸っぱさを残したまますするりと喉を通っていった。

うっとりするほど、美味しかった。初恋にも似た香りに、胸がキュッと引き絞られた。告白することもなく、淡いまま終わった恋。十二歳だったあのころに戻れるはずもないけれど、この先もう恋などしなくても、このお酒があればいい気がした。

「果実酒にできないフルーツなんざ、ねぇんだよ」と、マスターは言う。その探求心に引きずられ、果歩もせっせと果実酒を作りはじめた。でもなにが違うのか、マスターが作るものほど美味しくはならない。

だから「師匠」と呼んでいる。いつかその技を盗めたらと、虎視眈々《こしたんたん》と狙っている。

マスターはグラスを拭きながら、首を傾げた。

「そうだなぁ。バナナ酒はもう飲んだっけ」

「えっ、バナナ?」

「うん、これ」

背後の棚から、マスターが二リットル瓶を取り出した。琥珀色の液体の中に、たしかに大きくカットされたバナナが沈んでいる。

「ブランデーですか?」

「ううん、ダークラム。氷砂糖の他に、カラメルソースを作って混ぜ込んである。味見する?」

「お願いします」

マスターがカンロレードルでバナナ酒を掬い、ショットグラスに少量垂らす。そっとひと口飲んでみて、果歩は「ああ」と目を細めた。

ダークラムの香ばしさがカラメルによっていっそう引き立てられ、とろりと甘い中にほのかに感じる苦みが、味に立体感を出している。そして鼻に抜ける香りが、まぎれもなくバナナだ。

美味しい。これは、ロックでいきたいところだ。

「レシピを伺っても？」

「いいともさ」

マスターが胸ポケットに挟んであったメモ帳を取り出し、レシピを読み上げてゆく。それを果歩は、ひと言も聞き漏らすまいとスマホにメモした。

「バナナはなかなか難しいんだよな。えぐみが出たり、深みが足りなかったり、澱《おり》が出すぎたり。カラメル入れて日数浅めのこのレシピが、今のところ一番旨いかな」

「なるほど」

「フィリピン産、エクアドル産、台湾産、それぞれの味がある。ひとまずいろいろ試してみな」

「ありがとうございます」

こんなに気前よく教えてもらえるのは、同じ分量で作っても、まったく同じ味にはならないから。果物にも当たりはずれがあるし、瓶の保管場所の気温や湿度によっても出来が変わる。マスターは、それをよく知っている。昨日、林檎酒漬けちゃって」

「ああ、でももう置く場所がないんだった。昨日、林檎酒漬けちゃって」

「林檎、なににしたの」

「秋映《あきばえ》です」

「旨いよね、あれ。俺は王林《おうりん》が好きかな」

「王林も香りがいいですね。ひとまず、このバナナ酒をロックでください」

果実酒談議に花を咲かせていたら、山城が「ごちそうさま」とスプーンを置いた。

手元のグラスはウィスキーのロックか。カレーと合うのだろうかと内心首を傾げるが、
個人の好みだからなにも言わない。

「置き場所がないほど作っちゃったの？」

山城が、にこやかに顔を覗《のぞ》き込んでくる。

「ええ。さすがに床に並べる気にはならないもので」

「じゃあ、ちょっと整理してあげようか。俺、飲む専門」

自分自身を親指で指し、にかっと笑う。四十半ばにしてこのノリの軽さは、ＩＴ業界に身を置いているせいか。ゲームに疎い果歩でもＣＭで耳にしたことがあるような、

人気アプリの開発に携わっているそうだ。

「いいですねぇ」と、愛想笑いを返しておいた。

実は山城に誘われて、何度か食事に行っている。このくらいの冗談は、笑って済ませられる仲だ。軽率と紙一重の人懐っこさも、子熊のような体型と相まって不快に感じたことはない。

「そういや逃げたカミさんも、梅酒だの梅干しだの漬けてたなぁ」

「梅干しはすごいですね。さすがに手間で、手が出せません」

「マメだったんだよね。糠床《ぬかどこ》も育ててたし、味噌も手作りしてたなぁ。そんなだから、いい加減な俺とは合わなかったんだろうけど」

お互いに、独身。とはいえ山城はバツイチだ。果歩のように、誰からも求められなかったわけじゃない。「逃げたカミさん」という言いかたも、離婚の非は自分が引き受けようという、彼なりの優しさなのだと思う。

「山城さん、あのころは毎晩うちにいたもんね」

マスターがロックグラスを果歩の前に置き、合いの手を入れてくる。

「俺がいると、カミさん不機嫌になるからさぁ。ほとんど会社に寝泊まりしてたわ」

離婚後しばらくは足が遠のいていたが、ここ一年ほどでまた、頻繁に通うようになったらしい。はっきりとは言わないが、山城は独り身になった後も恋人がいたのだろう。その彼女とも別れて、いよいよ夜が寂しくなったというわけだ。

「マスター、お代わり」

山城がわずかに残っていた手元のグラスを干して、顔の前にかざす。マスターが棚から取り出したのは、山崎の18年。ジャパニーズ・シングルモルトの代表格で、プレミアがついて年々高くなっている。

それをグラスにワンフィンガー。ストレートで口に含み、山城がふっと肩の力を抜く。その拍子に体の脇に垂らした右手が、こつんと果歩のスツールに当たった。

狭い店だ。そんなことはべつに、珍しくもない。だが山城はさらにスツールの側面を、軽くノックしてみせた。

催促に応じて左手を下ろしてみると、カウンターの下できゅっと握られた。そのまなに食わぬ顔で、マスターと話をしている。

山城の手は肉厚で、皮膚が柔らかく、温かい。悪くはないと思いながら、果歩はバナナの香りがするお酒をゆっくりと喉に流し込んだ。

山城に対して恋心があるわけではないし、ましてや結婚なんて頭をかすめもしないけど、不快感のない男性から好意を寄せられるのは純粋に嬉しい。男女関係の上澄みだけを掬い取って、いい気分になっている。

浅ましいという自覚はある。私もまだ捨てたものじゃないと思いたくて、今夜カンパニュラに足を運んだ。かなりの確率で、山城がいると分かっていたから。いなかったら、マスターとお喋りをして帰ればいい。自分から「会いたい」と連絡するのは、筋が違う。

これ以上、関係を進めるつもりもなかった。ちょっといい雰囲気の、異性の友達。そのラインがお互いにとって、一番居心地のいい立ち位置だと分かっていた。山城のほうはあわよくばとは思っているが、果歩がひらりと身をかわせば、「ちぇっ」と拗《す》ねたふりをする。

お互いに、四十を過ぎた男と女だ。性急さはないし臆病だから、曖昧であることを悪としない。しばらくはこのまま、つかず離れずでいられればよかった。

バナナ酒と、マスターの自信作だというスターフルーツ酒を飲んで、充電は完了とばかりに山城の手を離す。ちょうどそのタイミングで、新しい客が入ってきた。

「そろそろ行こうかな。マスター、お会計」

「果歩ちゃんの分も、俺につけて」

「いえいえ、それには及びません」

マスターが小さな紙片に書いて寄越した金額を手早くスマホに打ち込んで、決済を済ませる。山城はやっぱり、「ちぇっ」と唇を尖らせた。

「じゃ、また来ます」と、果歩はバッグを肩にかけて店を出る。

四ツ谷から四谷三丁目までは、酔い覚ましに歩くにはもってこいの距離だ。十月の夜風は心地よく、わずかに熱を持った耳朶《じだ》を撫でてゆく。

腕時計を見れば、十時半。果実酒の香りが鼻先に残っているうちに、湯船にバスソルトでも入れて、ゆったりと孤独を溶かそう。滝沢のことなんか、久しぶりに思い出してしまったのが悪かった。

山城に握られていた左手が、まだぽかぽかしている。この温もりが消えてゆくのが、少し惜しいような気もした。

そんなことを考えていたら、後ろから肩を叩かれた。

振り返ると、軽く息を切らした山城が立っている。あの後自分も会計を済ませて、追ってきたのか。

「俺も、四谷三丁目から帰ろうと思ってさ」

「会社には、戻らなくていいんですか」

「うん、今日は平気」

山城の勤め先は、四ツ谷駅からほど近い。カンパニュラで一杯ひっかけて、仕事に戻ることもよくあった。

「たまにはほら、歩かないとね」

自らそう言って、丸いお腹を撫でてみせる。果歩は「ふふっ」と唇の先で笑った。見え透いた嘘だ。送ると言えば、警戒されると分かっている。山城は、手の温もりだけでは満たされなかったらしい。

しかたなく、二人並んで歩きだす。道すがら、山城は果実酒の話を振ってきた。

「置き場所がないって、どのくらい作ってるの？」

「そうですねぇ、梅酒が三年分でしょう。それからライムとレモンと苺と——」

律儀に、指折り数え上げてゆく。山城は、「へぇ」と半ば聞き流したようだった。

「いいなぁ。いつか、飲んでみたいなぁ」

果歩はまた、ふふっと笑う。不思議なものだ。男の人はいくつになっても、下心を隠すのがうまくならない。

いつもなら「そうですね、『いつか』」とその部分を強調して、山城が「ちぇっ」と拗ねたふりをするところだ。でも果歩は、質問を誤った。

「いつかって?」

鼻先に残っていた果実の香りが、風にふわりとさらわれてゆく。手を伸ばしても、摑《つか》めないものと一緒に。たとえば十二歳の「果歩ちゃん」の無邪気さ。地元に帰ると告げた滝沢の、肩のライン。可愛い子供のために家路を急ぐ、同僚の後ろ姿。どんどん後ろに、吹き飛ばされる。

「えっ!」

山城の驚く声で、我に返った。横目に窺うとその瞳は、期待に満ち満ちている。

「今夜でも、いいの?」

そんなつもりじゃありませんでしたとは、すでに言えない雰囲気だった。

四

　どうしてこうなったと思いながら、コンビニでソーダ水と氷とつまみを買い、マンションのオートロックを開けた。一方の山城は、鼻歌でも歌いだしそうな足取りで、果歩の後をついてきた。

　エレベーターの中は、なんとなく無言になる。いいのだろうかと、頭の中を疑問が駆け巡る。

　寂しさを紛らわすために男と寝ていいのは何歳までと、定義されていれば簡単なのに。若ければ一夜の過ちで済んだものが、この歳では一夜の恥になりそうで、胸元に嫌な汗が滲み出る。

　そもそも、五年ぶりだが大丈夫なのか。酔った勢いと割り切れるほど、酔っていないのも問題だった。むしろ、どんどん醒めてゆく。

　逡巡しているうちに、部屋の前についてしまった。鍵を開け、「どうぞ」とぎこちなくドアを引く。山城は、「お邪魔します」と腰を折った。

「わぁ、やっぱりインテリア関係だけあって、お洒落な部屋だね」

それほどでもないと思うが山城は大袈裟《おおげさ》に部屋を褒め、勧められるままにソファに座った。落ち着かないのか、しきりに膝をさすっている。

これから、この男と寝るのか。冷静になって観察すると、脂肪はつきすぎているし、肌は脂ぎり、背後に回ると頭頂部が心許ない。だが、四十代の男性なんてこんなものだ。自分だって体型を維持してはいるが、明らかに重力に逆らえていない部位がある。

人のことは言えない。

「なにを飲みます?」

尋ねると、山城が立ってキャビネットに近づいてきた。中を覗き、「おおっ」と拍手をする。

「本当だ、中身ぎっしりだね。オススメは?」

「全部美味しいですよ」

「じゃあ、一番減ってるこれにしよう」

山城が指差したのは、三年物のテキーラベースの梅酒だ。これは元々五百ミリリットルしか仕込んでいなかったから、たしかに一番残り少ない。

「ソーダ割りにします？」

「うん、ありがとう」

ガラスのボウルに氷を入れて、トングを添えてローテーブルに置く。引き出物のグラスがペアで揃って使われるのが、今日だとは。ソファに座り直した山城の、隣に座るのはなんとなく憚《はばか》られ、テーブルを挟んだ正面のラグに膝をつく。二人分のソーダ割りを作り、片方を差し出した。

「うん、たしかに旨い」

「ちょっと癖があるのがいいんですよね。これにはスモークチーズが合いますよ」

コンビニで買った乾きものやチーズを、皿に並べてゆく。山城はさっそくキャンディータイプのスモークチーズの個包装を剝がし、ぽんと口に放り込んだ。

「うん。旨い、旨い」

それはよかった。果歩はクローゼットの前に立ち、ジャケットを脱いでハンガーに掛ける。本当は細身のパンツも脱ぎたかったが、ワンルームでは着替えられるスペースがトイレかお風呂場しかない。自分の部屋でこそこそするのも滑稽だと、諦めた。

「お代わり！」

「えっ」

もう？　と、問いたい気持ちを抑えて振り返る。山城が、氷だけになったグラスを振っている。

「飲みやすいから、ついグビッといっちゃった」

悪びれない笑顔に文句も言えず、果歩もまた愛想笑いを貼りつけた。

「二杯目は、別のにしましょうか」

「いや、もうちょっとだから、これ空けちゃおう」

テーブルに出したままだったテキーラ梅酒の瓶を、山城が手のひらで叩く。

「飲みかけを整理して、スペース作りたいんでしょ」

カンパニュラで言っていたあれは、冗談じゃなかったのか。頬が引き攣《つ》りそうになるのを、どうにか堪《こら》える。

あれは三年物の梅酒だ。味の変化を楽しみながら、少しずつ大事に飲んできた。澱が溜まれば漉《こ》してやり、それなりに手間もかけている。よくもまぁ無神経に、「空けちゃおう」なんて言えたものだ。

とはいえ、残り少ないのも事実。一、二杯分を未練がましく残しておくよりは、いっそ飲みきってしまえと頭を切り替える。

「そうですね、空けちゃいましょう」

男も酒も、未練がましいのがいけない。楽しく飲んで酔って、翌朝ちょっと引きずって、でもシャワーを浴びたらすっきり忘れるくらいがいい。

気前よく、残っていた梅酒をすべてグラスに注ぎ、ロックにしてやった。

さようなら、三年物。でも二年物が後に控えているから、まだ平気。

ラグの上に居住まいを正し、三年物の梅酒を弔う。そんな果歩の胸中も知らず、山城は「ロックでも旨いね」と喜んでいる。

「果歩ちゃんは、料理はしないの？」

「そうですね。普段は簡単なおつまみくらいしか」

「簡単でもいいよ」

それは、なにか作れということか。アルコールが入って、緊張がほぐれたようだ。

さっきまで閉じていた膝が、開いている。

「でも山城さん、さっきカレー食べてましたよね」

暗に「太りますよ」とにおわせると、山城は「ちぇっ」と肩をすくめた。

この「ちぇっ」は、好ましくない。

「果実酒作りにはマメなのにさ」

「なんでしょうね。ゆっくり育ててく感じがいいんでしょうか」

「ああ、逃げたカミさんもそう言ってた。じゃあ糠床なんかも向いてるんじゃない？」

「さぁ、どうでしょう」

いつもより山城が饒舌《じょうぜつ》なのは、無音のせいか。体をずらし、一人だとあまり観ないテレビをつけてみる。適当にチャンネルを替えていたら、山城が「おっ」と身を乗り出した。

「この番組、面白いよね」

「そうなんですか」

「俺も普段、リアルタイムで観てないけどさ」

バラエティ番組には馴染みがない。でも山城は好きなようだし、無理に会話をしなくていいなら好都合だった。

山城の、低い笑い声が響く。テーブルには、空の広口瓶が二つ。テキーラ梅酒に続き、ブルーベリーも空けられた。そして今、果歩は所望されるままに苺ウィスキーのソーダ割りを作っている。

果実酒とはいえ、ベースとなるお酒の度数は高い。それでも山城はハイペースで飲み続け、テレビに出ている芸人のギャグに律儀に笑う。

もしかして、寝るだの寝ないだのは果歩の勝手な勘繰りだったのか。山城はただ言葉通りに、果実酒を飲みにきただけなのかもしれない。

そんな疑いを抱くほど、ソファに身を預けて寛《くつろ》いでいる。

苺酒のソーダ割りを手元に置いてやると、山城はテレビに顔を向けたまま、グラスを摑んで豪快にあおった。

「ああっ」と、思わず叫びそうになる。

しゅわしゅわ弾ける、初恋の味。それがなんの感慨もなく、山城の喉に流し込まれてゆく。

「旨いね。これも空けちゃおうか」

その満足げな表情に、憎しみさえ覚えた。

心を込めて作ったものを、どうしてこんなふうに、雑に消費されなきゃいけないんだろう。

もちろん飲むために仕込んでいるのだけれど、過程や作る側の思いに興味を持たれないのはなんだか虚しい。親切心のつもりで「空けてやろう」としているなら、なおのことたちが悪い。

ソーダ水は、さっきので空になった。作った氷ならまだ冷凍室にあるけれど、果歩は静かに首を振る。

「割り物が、もうなくなっちゃいました」

苺酒も、せいぜいあと一杯分。果歩はこれでおしまいと線引きをする。だが山城は、事もなげに言った。

「お湯割りでいいよ。やかんくらいはあるでしょう」

テレビから、わざとらしいほどの笑い声が聞こえてくる。山城も、へらへらと笑っている。絶句していると、不審げに首を傾げてみせた。

「まさか、ないの？　さすがにそれはアウトだよ」

誰が、誰をジャッジしてんだよ。

苛立ちが、頂点に達した。

だらしなくソファに沈み込んでいる、肉の塊。いつの間に脱いだのか、黒い靴下がラグの上に並んでいる。皿のつまみを食い散らかし、指一本動かさずあれやこれやと指示するばかり。あらためて、なんだこの生き物はと凝視した。

「逃げたカミさん」という表現は、あながち誇張ではないのかもしれない。外で会っているうちは気にならなかったのに、自分のテリトリーに入れたとたん、山城の異質さが際立って見えた。

私が管理している空間に、なぜこんなものがいるのか。

だいたいさっきから、なにを飲んでも「旨い」しか言わない。しょせん山崎の18年でカレーを食べるような男だ。繊細な味覚を持っているはずがなかった。

果歩は空になってしまった広口瓶に目を走らせる。こんな男に飲まれてしまって、可哀想な私のお酒たち。ごめんね、季節になったらまた、一から作り直すからね。

「果歩ちゃん？」

黙りこくってしまった果歩に、さすがに不穏なものを感じたのか。山城が、猫撫で声で名前を呼ぶ。

苛立ちを押し殺し、果歩はにっこりと微笑んだ。

「すみません、山城さん。明日のミーティングに必要な資料を作るの、忘れてました」

山城が、ほっと息をつく。なにを安心しているのかと思う。

「なんだ。待ってるから、さっさと作っちゃいな」

「それが、朝までかかりそうなんです。電車がまだ動いているうちに、思い出してよかった」

ぽかんと山城が口を開ける。その顔を、果歩は平然と見返した。

「そんな。帰れってこと？」

「すみません」

「こんなに期待させといて？」

「すみません」

「そりゃあないよ」

「すみません」

どんなに食い下がられても「すみません」で通した。山城は「ちぇっ」とも言わず、無言で靴下を穿きはじめる。本格的に、機嫌を損ねたものらしい。

「帰りますよ。帰ればいいんでしょ」

小声で「クソ女」と呟いたのは、無意識だろうか。あんたも充分、クソ男だよと胸の中だけで返してやる。

「忘れ物、ないですか」

「はいはい、ありません」

「それじゃ、お気をつけて」

山城を玄関から追い出すと、すぐさま内鍵を閉め、ドアロックをかけた。

疲れた。どちらとも実に身勝手で、不毛な夜だった。

テレビを消し、部屋の中に山城の体臭が残っている気がして窓を開ける。

乾いた外気が心地よく、果歩はひっつめ髪を解いて風を通した。吸った息が、お腹の底まで落ちてゆく。

一人でいるほうが、なんだか深く息ができる。それは滝沢と別れ、この部屋に越してきたときにも感じたことだ。

ひとまず、山城がいた痕跡を消してしまおう。テーブルの上を片づけて、念のため、ソファとラグに消臭スプレーを吹きかける。空になってしまった果実酒はもう戻らないが、梅の実はジャムに、ブルーベリーはマフィンにして楽しめばいい。

ひと通りの片づけを終えて、「ふう」と息をつく。一杯分だけ残った苺酒の瓶だけが、まだテーブルに残されている。

洗ったばかりのグラスを取って、ピンク色の液体をすべて注いだ。鼻先に近づけると、苺の甘酸っぱさが溶けた、芳醇《ほうじゅん》な香りがする。

ソーダ水は、もうない。ストレートのまま喉に流し込む。

しつこいほど甘ったるいのに、食道がカッと熱くなった。苺の風味とファンシーな色合いに騙されがちだが、これは凶暴なお酒だ。

しゅわしゅわ弾ける清涼感は、ただの混ぜ物。初恋の味なんて、遠い記憶を美化しているだけと知っている。五年前に別れた滝沢の面影でさえ、きっともう実物とはかけ離れているはずだ。

十二歳の果歩ちゃんの、無邪気な問い。結婚というものに漠然とした憧れを抱いていたあの子に、今なら言える。

残念でした。家庭を持つことが、女の人生のすべてではないのです。

グラスを置いて、果歩はうーんと後ろに伸びをした。

決めた。明日から本気で、マンションを探そう。

条件は、ただひたすら自分が心地よいだけの部屋。そこだけにこだわって、選び抜くのだ。

そしてその部屋でまた、一人で楽しむためのお酒を仕込む。甘いだけじゃないけれど、月日が経つほどに美味しくなるものがあることを、今の果歩ちゃんは知っている。

醸造学科の宇一くん

額賀　澪

額賀 澪（ぬかが みお）

1990年、茨城県生まれ。2015年『ウインドノーツ』で松本清張賞（『屋上のウインドノーツ』として刊行）、同年『ヒトリコ』で小学館文庫小説賞を受賞しデビュー。主な著書に『タスキメシ』『風に恋う』『さよならクリームソーダ』『沖晴くんの涙を殺して』『風は山から吹いている』など。

自分の親はそこまで過保護な方ではない気がしていたのだが、どうやらそうでもなかったらしいと桜庭小春《さくらばこはる》が思い知ったのは、大学の学生寮へ引っ越した当日のことだった。

「いい？　夜遅くまで出歩くんじゃないからね？　寮の門限はちゃんと守って、アルバイト先も寮の真面目そうな先輩とかに相談してよく選んで。変なサークルになんて入るんじゃないからね？」

引っ越し作業を終え、母は帰り際にそんな話をエントランスでし始めた。「まあまあ母さん」と父が肩を叩いたと思ったら、今度は父が「付き合う相手はよく選ぶんだぞ。付き合うっていうのは要するにお友達のことだからな。東京の大学ってのは日本中から人が集まるんだから、いい人ばかりってわけじゃないんだから……」とぶつぶつ言い出し、両親は代わる代わる「学生の本分は勉強だから」とか「仕送りはするけどちゃんとやりくりしなさい」とか「寮だからって油断しないで戸締まりとか防犯には気を使いなさい」とか「食べ物の好き嫌いをするんじゃない」とか、大学合格から今日までの「娘が上京するのなんて別にどうってことないし」という雰囲気が嘘だったかのように、延々と小言を続けた。

同じ寮で暮らす先輩が数人、小春達をチラチラと見ながら通り過ぎていく。両親が「うちの子、今日入寮なんです。よろしくお願いします」と挨拶するものだから、小春は慌てて二人を車に押しやった。

「家まで時間かかるんだから、早く帰りなよ！」

朝イチで茨城にある実家を出て、引っ越し作業を終えて、二人はこのまま車で茨城に帰る。すっかり傾いた夕日を見上げて、小春は声を張った。

二人が車に乗り込んで、ドアを閉めて、エンジンを掛けて、バックで寮の敷地を出ていくまでそこからさらに三十分かかった。このまま一緒に実家に帰る羽目になるのではないかと三回ほど思った。

「や、やっと帰った……」

離れていくミニバンを見送り、小春は寮の門扉にもたれて息をついた。寮に入るとはいえ、生まれて初めて親元を離れて暮らすのだ。両親の帰り際に寂しくて泣いたりするんじゃないかと思ったのに、嵐が去ったとしか思えない。

また一人、寮生が帰ってきて小春の側を通り過ぎる。同じ大学の先輩か、はたまた自分と同じ新入生か。先ほど父に「挨拶はにこやかに大きな声でしろ」と言われたし、とりあえず笑顔で「こんにちは」と会釈した。

そのとき、寮のエントランスから自分を呼ぶ声がした。

小春ぅ、と、語尾がとろんと溶けたまろやかな声だった。知り合いなんていないと両親は思い込んでいるこの学生寮で、唯一、小春を知る人だ。

「おじさん達、やっと帰ったんだ」

ガラス戸を開けて、淡いグレーのパーカーを着た男子大学生がひょこりと顔を出した。ゴムサンダルをペタペタと鳴らし、両親の乗ったミニバンはとっくに見えなくなったのに、周囲を窺うように静かに小春の前に立つ。

会うのは一年ぶりなのに、まるで昨日も会ったかのような口振りで、桜庭宇一《ういち》は小春に笑いかける。

「……久しぶり、宇一君」

桜庭宇一。小春の一歳年上の再《また》いとこで、中学・高校の先輩でもあり、日本農業大学——通称・日農大の二年生。小春はこの四月から、彼と同じ日農大に入学する。学部と学科まで宇一と一緒だ。応用生物科学部の醸造学科で、小春は四年間、醸造について学ぶ。

それもこれも、両親が営む酒蔵を継ぐためだ。

「悪いねえ、小春の引っ越し、手伝おうかと思ってたんだけど。おじさんが嫌がるかなと思ってさ」

へへへっと苦笑いした宇一の話し方は、春風に溶けるように柔らかい。髪をミルクティーのような色に染めて、ほのかに東京に染まっていますという雰囲気をまとっても、小春のよく知る桜庭宇一のままだった。

「来なくてよかったと思うよ。お父さん達、宇一君が寮に入ってるって知らないから」

「あ、言ってないんだ。俺が男子寮の方にいるって」

宇一は高校を卒業するとき、「大学の寮に入る」とこぼしていた。小春はそれを、あえて両親に伝えなかった。自分が日農大に合格し、「どうせ一人暮らしなんて無理でしょ」という両親に寮を薦められたときも、言わなかった。

「だって、面倒なことになりそうじゃん」

「確かに、俺が同じ寮にいるなんて知ったら、そもそも小春を入寮させないんじゃない？」

流石《さすが》にそこまでは……と言いかけて、有り得なくはないかもしれないと口を噤《つぐ》んだ。

小春の家と宇一の家は、仲が悪いのだ。べらぼうに、仲が悪いのだ。

「大学入学おめでとう」

改まった様子で、宇一が小春を見下ろしてくる。

「入学式は来週だよ」

「寮に入ったんだし、もう日農大生だろ。同じ醸造学科なんだし、また仲良くしような」

仲良くしような。宇一は、小春が中学校に入学したときも、高校に入学したときも、同じことを言った。一歳年上の再いとことして、先輩として、当然という顔で言った。

でも、宇一が言うほど、自分達は親しい先輩後輩には決してならないのだ。現に、宇一が日農大に合格して上京してからは、一度も顔を合わせていない。お互いスマホは持っているけれど、連絡先を交換したことは一度もない。小春と宇一が親しくなるのを、互いの両親は絶対によく思わないだろうから。

「俺、日本酒を研究するゼミにいるからさ、学校始まったら小春も遊びにおいでよ」

当然のことのように言う宇一に、「いや、でも」という言葉が喉まで出かかった。酒蔵の子なんだから、醸造学科で醸造や発酵について学び、日本酒を研究するゼミに所属する。とても真っ当なルートだ。宇一はそのルートをしっかり歩んでいる。小春も、そのルートに今日から足を踏み入れた。

いや、でも。

日農大のオープンキャンパスに来たとき、志望校を決めたとき、受験のとき、合格発表のとき、幾度となく込み上げてきた言葉を、小春はもう一度飲み込んだ。

「夕飯のときにまた食堂でな。うちの寮の飯、美味いよ。農学部の農園で穫れた野菜とか、畜産学部が育てた豚とか鶏とか出てくるから、お楽しみに」

宇一は小春の心根に気づくことなく、手を振りながら建物の中に戻っていく。ゴムサンダルの踵《かかと》を引き摺るペタペタという足音が、宇一の話し方にどことなく似ている。

寮はエントランスと共用スペース、食堂を挟んで男子寮と女子寮にわかれている。男子寮へ続く階段を上っていく宇一を見送り、小春は自分の部屋へ戻った。

三階の一番奥。母が「角部屋なんてアタリじゃない」と喜んだ部屋の窓からは、日農大のキャンパスがよく見える。都内のキャンパスには大規模な農場こそないが、実験農園や植物園、バイオ施設が、木々の生い茂るキャンパス内に点在しているのがわかった。眺めていると、ここが二十三区内だと忘れそうになる。新宿なのか渋谷なのか、遠くにうっすらとビル群だって見えているのに。

ベッドに机にクローゼット、小さな棚とテレビ、ユニットバス。六畳ほどの狭い部屋は、如何《いか》にも大学の寮という感じだった。部屋には自分の荷物がぎっしり詰まっているのに、この空間全体から「精々勉学に励むがいい」と言われているみたいだ。

夕食は六時から八時の間だと聞いた。それまでテレビでも見るかとベッドに腰掛けようとしたら、床に置きっぱなしだった細長い段ボール箱に躓《つまず》いた。

「あああっ、そうだった……」

段ボールを開けて、堪《たま》らず肩を落とした。黒々とした文字で「桜庭酒造」と書かれた箱の中には、青みを帯びた一升瓶が一本入っている。日本酒だ。桜色のラベルには「春《はる》の湊《みなと》」とこの酒の銘柄が書いてある。母が「食堂のおばちゃんに差し上げて」「寮の先輩にあげてもいいから」と無理矢理置いていった。酒蔵の人間としての、当たり前の「お近づきの印」なのだ。農家の人間が野菜を配るのと同じ感覚なのだ。

「いくら酒蔵だからって、未成年の部屋に日本酒を置いていくかね」

小春の実家は桜庭酒造という三代続く酒蔵で、父が杜氏《とうじ》としてこの代表銘柄「春の湊」を造っている。重厚な香りと、日本酒の原料である米の旨味がしっかりと感じられる、コクのある味わい……らしい。

一人娘である小春は、そんな桜庭酒造の四代目になる――予定だ。だから大学で醸造を学ぶ必要がある。日本酒のゼミにだって入る必要がある。

日農大を選んだのだって、そういう理由からだった。醸造学科のある大学は少ないから、必然的に選択肢は狭まる。茨城の実家から一番近い大学が、日農大だった。

別に、理系科目が好きだったわけではない。どちらかといえば文系だった。化学が好きなわけでもないし、微生物とかバイオエネルギーに興味があったわけでもない。

ただ、最初から日農大の醸造学科を受験することが、なんとなく、空気感で決まっていた。親から命令されたわけでも口酸っぱく勧められたわけでもなく、気がついたらそういう流れに乗っていた。

春の湊を箱に戻し、ベッド下の収納スペースに押し込んだ。下手したら、卒業までここから出すことがないんじゃないか、とさえ思った。

中学校を卒業した日に、父に勧められて春の湊を一口飲んだことがある。酒蔵の子なのだから、なんだかんだで自分の家で造った酒を飲むことがあるのだ。合格祝いだとか入学祝いだとか、おめでたい理由を付けて。

「小春ももう高校生か」と父は言って、春の湊を青い模様の入ったグラスに注いだ。父も母も同じグラスを出してきて、一緒に飲んだ。娘の成長を祝うちょっとした儀式のように感じられて、小春は神妙な心持ちでグラスを手に取った。

一口飲んで、小春はすぐにグラスに吐き出した。残念ながら、「米の旨味」も「コクのある味わい」も、小春には理解できなかった。味を理解するより先に口の中がカッと熱くなって、苦いような渋いような風味に、舌がどんより重たくなる。これを美味い美味いと飲む両親の気が知れなくて、「小春にはちょっと早かった」と笑う父と母を睨《にら》みつけた。

「いっそ、宇一君がうちを継いでくれたらいいのに」

声に出したつもりなんてなかったのに、意外と大きな声が一人きりの部屋に響いた。恥ずかしいのと後ろめたいのとで、思わずベッドに飛び乗って枕に顔を伏せた。これから四年間寝起きする部屋で、最初にやったことがこれかと頭を抱えたくなる。

宇一の実家は、宇吉《うきち》酒造という酒蔵なのだ。

二つの家は、とてもとても、仲が悪い。笑ってしまうくらい、悪い。

昔々、北関東の大きな川の畔《ほとり》のとある田舎町に、桜庭酒造という小さいけれど真面目に酒造りをしている酒蔵がありましたとさ。春の湊という、地域の人々から愛される美味しい美味しい純米酒を造っていました。

そんな桜庭酒造には、二人の息子がおりました。大人になったこの兄弟は、酒蔵の経営方針を巡って時折諍《いさか》いを起こすようになります。これまでのやり方を守っていきたい兄と、新しいことにどんどんチャレンジしたい弟。諍いは年々大きくなり、ついに弟は家出してしまいます。

兄は桜庭酒造を継ぎ、弟は桜庭酒造を飛び出して宇吉酒造を立ち上げました。ちなみに、宇吉というのは弟の方の名前です。

もともとは一つだったはずの桜庭酒造と宇吉酒造ですが、「どちらがより優れた酒造か」を争っていくうちに、どんどん険悪になっていきます。徐々に親戚同士の付き合いは減っていき、冠婚葬祭くらいしか顔を合わせない間柄になりました。兄弟喧嘩は、時間が解決してくれるものではなかったのです。

時は流れ、桜庭酒造と宇吉酒造は兄弟それぞれの子供へ受け継がれます。雪解けがあるかと思いきや、この子供達の代でも二つの酒蔵は仲が悪いままなのです。はてさて、孫の代では一体どうなるのでしょう。

そんな昔話が、確かに、小春と宇一へ繋がっている。

同じ市内にありながら、ほとんど顔を合わせないライバル同士の桜庭酒造と宇吉酒造に生まれた自分達が初めて互いを認識したのは、小春の祖父の葬儀のときだった。小春は五歳で、宇一が六歳だった。

大人達がどんな様子で顔を合わせていたのかわからないが、小春は自宅の庭で初めて桜庭宇一と会った。確か自分は黒いワンピースを着ていて、宇一は黒いジャケットと半ズボンを穿いていた気がする。彼は小春の家の庭で、松の木を見上げてたたずんでいた。

何を話したかは覚えていない。だって五歳だったたし、そんな実りのある会話はしてないのだ。互いの名前を認識して、彼は自分の祖父の弟の孫らしい、要するに自分達は親戚らしい、ということだけを知った。

その後も、冠婚葬祭で何度か宇一と会った。でも、歳を重ねるごとにどうも自分達の親は、特に父親同士は仲が悪いらしいと理解していった。

顔を合わせるたびに両家の親が大喧嘩をするわけではない。にこやかに挨拶だってする。でも、みんな目が笑っておらず、後になって相手の悪口を言う。小春の父は宇一の父を「あいつは新しいもの好きで芯がない」「ミーハーでみっともない」とよく言う。きっと宇一の父は小春の父を「過去のやり方にこだわりすぎる保守的な頑固者」と言っているはずだ。

それでも、父親同士が互いのことをもの凄く嫌っているとは思えなかった。「自分の親の代から仲が悪いから」という流れに乗って険悪になっているような、そんな雰囲気が両家の間には漂っていた。

多分、そのせいだ。自分と宇一が小学校を卒業するまでに言葉を交わした時間は、合計しても一時間ちょっとだと思う。

だから、中学校に入学した直後、彼に「入学おめでとう」と言われて、面食らったのだ。春の日差しが当たった学ランは、どこか眠たそうな黒色をしていた。桜の花びらが、雪が降るようにひらひらと舞っていた……ということはなかった。そのイメージは自分の勝手な脚色だ。あの年は桜の開花が早く、入学式の頃にはすっかり葉桜になってしまっていたのだ。

自分が着ていた紺色のセーラー服が彼にどう見えていたのか、小春は聞いたことがない。

同じ学校に通うようになっても、自分達の関係が密になったわけではない。学年も部活も違うし、共通の友人もいない。距離感はあるのに再いとこという関係で、大袈《おおげ》裟《さ》に言えば血で繋がっている。

それが忌々しいなと思うようになったのは、宇一と同じ高校に進学した頃だろうか。別に彼を追いかけたわけじゃない。地元で唯一のまあまあな進学校が、そこしかなかったただけだ。

高校卒業後のこと、大学進学や就職について考えるようになって気づいた。先生達は「君達の未来には無限の可能性がある」という口振りで受験や就職について語るけれど、自分と宇一は、生まれたときからある程度未来が定められているのだと。

自分は桜庭酒造を継ぐし、彼は宇吉酒造を継ぐ。この流れに乗って、自分達もそのうちゃんわりと険悪になるのだろうか。そんな、御伽噺《おとぎばなし》や時代劇のようなことがこれから起こるのだろうか。

「生まれたときから跡継ぎだって決まってるなんて、なんか大河ドラマみたいだよね」

と言ったのは、幼馴染みの美幸《みゆき》ちゃん。高三の頃には「親がただの会社員ってのも面倒なもんだよ。何でもいいから就職しろとしか言われないんだもん」とこぼしていた。

「お祖父ちゃんの代から仲が悪いとか、『ロミオとジュリエット』の世界じゃん。きゃー」

と言ったのは、高校時代に同じバレー部だった恋多き亜樹子《あきこ》先輩。「ロミジュリは最後二人とも死ぬじゃないですか」と返したら、「それはそれでドラマチックでよい」と大真面目な顔をされた。

自分の将来が親に決められていて息が詰まるとか、誰かが敷いたレールの上を歩きたくないとか、自分の手で未来を拓いてみたいとか。言葉にするとあまりにチンケで、夢見がちな願望を抱いているように思えてしまう。勝手に自分を可哀想に思って、それに酔っているだけな気がしてしまう。

でも、考えれば考えるほど、その通りなのだよなとも思ってしまう。

桜庭宇一は、それをどう受け止めているのだろう。

なんてことをそこそこ深刻に部屋で考えていたのに、夕食の時間に食堂へ下りていくと、彼は涼しい顔で「今日の夕飯はチキンカツだって」と話しかけてきた。

*

校長先生の話は決まって長いものだと長年の経験から理解しているつもりだったけれど、どうやら大学の「学科長先生」とやらも同様らしい。

「酒に醤油に味噌、酢、納豆、鰹節に漬物、伝統的な発酵食品は、微生物の力を活用して作られています。ヨーグルトやチーズはもちろん、例えばパンとか塩からとかアンチョビとかキムチとか、とにかく皆さんが口にするいろんなものは発酵によって作られているんですね。醸造学科では古来より我が国で発展してきた醸造、発酵の技術に親しみ、最新のバイオサイエンスを……」

大学のホームページに書いてあることをなぞるばかりの学科長に、新入生ガイダンスが行われていた大教室の空気は徐々に緩んでいく。

隣の席にいた男子学生が小さな欠伸《あくび》をした。ふわわ～と声まで漏らす。その欠伸が移ってきたが、小春はぐっと嚙み殺した。眠気が喉元でどろりと溶けた。

それに気づいたのか、隣の彼がちらりとこちらを見てきて、小春は「しまった」と思った。

「いやー学科長の話、長いですよね」

親しげに話しかけられ、数秒迷ってから「確かに、長いですね」と返した。彼はふっと笑って自己紹介をしてきた。彼の名は福井《ふくい》といい、その名の通り福井県の出身だという。高校卒業と同時に染めたのだろうか、明るい茶髪が部屋の照明を反射してツヤツヤと光っていた。

小春が「桜庭小春です」と名乗ると、彼は「へえ、春っぽくて可愛い名前ですね」

とさらりと言ってのける。初めて言葉を交わした人に速攻で「可愛い」と言える福井の気が知れなかった。

「うち、酒蔵なんですよね」

まるで出身高校について話すように「酒蔵って言っても、超小さいんですけど」と福井は続ける。

農業大学というのは、やはりこういうものなのだろうか。「うちは鶏やってるんですよ」「へー、うちは乳牛です」「僕の実家はジャガイモです」「私の家はコシヒカリを十ヘクタールほど……」なんて自己紹介をし合うものなのだろうか。

「桜庭さんの家は？　何か作ってるおうちの人ですか？」

砕けた敬語が交じるどこかくすぐったい問いかけに、じわじわと距離を詰められているような、不思議な威圧感を覚えた。入学式では同じ学科の友人を作れなかったし、今日のガイダンスでせめて知人を作りたいと思ったのに、これは思い描いていた形とちょっと違う。

「実は、うちも酒蔵です」

正直に話したら、福井が目を輝かせてしまった。失敗したかもしれない。いずれ実家を継ぐために大学に入ったお仲間。そう思われたみたいだ。

「え、ホント？　うわ、なんか嬉しい。そっかあ、桜庭さんも酒蔵の子供なんだね。そりゃあ醸造学科に入るよね。俺、長男だからさあ、やっぱり跡を継がないといけなくて。どうせ継ぐなら、ただ継ぐんじゃなくて実家をもっとでかくしてやろうと思って、日農大を選んだんだよね。ほらこの学科って、卒業生の八割が国内の蔵元で働いてるらしいじゃん？　在学中に勉強しながら人脈開拓したいんだよねー。桜庭さんも三年になったら酒造り系のゼミに入るでしょ？　これから授業でも一緒になるだろうし、蔵元の跡継ぎ同士さ、仲良くしようよ」

農大の醸造学科で酒造りを勉強して、酒造業界に進む同世代と人脈を築く。一見すると真面目そうに見えないのに、むしろ馴れ馴れしい感じがどうにも不愉快なのに、そんな将来のことまでしっかり考えているのだろうか。途端にこの福井という男の腹の底が見えなくなる。

新入生が集まった大教室の教壇で、学科長はまだ話し続けている。

「醸造学科に入学した一年生の皆さんには、まずは一年間、醸造学の必須技術である、微生物の取り扱いについて徹底的に学んでいただき……」

醸造学科に入学した学生は、一年次に座学で有機化学や生化学、微生物学について学び、二年生に上がると徐々に実習や実験を増やしていき、三年では個々の研究領域に合わせてゼミに所属する。発酵食品や調味食品、バイオエネルギーについて研究したり――酒造りを学んだり。

わかりきったことを改めて説明されているからだろうか、言葉が右から左へ、流し素麺のようにするすると流れていってしまう。

「ねえ、桜庭さんの実家の酒蔵って、もしかしてここ？」

福井の手がぬっと視界に割り入ってきた。彼が見せてくれたスマホの画面には、桜庭酒造のホームページが表示されていた。

「ああ、はい、そこです……桜庭酒造」

「実家の代表銘柄、『春の湊』っていうんだね。もしかして、桜庭さんの名前の由来だったりして」

ホームページのトップには、春の湊の写真。陰影の効いた背景の中に、青みを帯びたガラスの瓶がたたずんでいる。

「そうですね、一応、うちの銘柄から名付けたらしいです」

それは間違いなく、娘が将来、桜庭酒造を継ぐことを見越していたからだ。子供の頃から両親が思い描く未来予想図をなんとなく察していたし、だから高校卒業後の進路も醸造学科がある大学を選んだのだ。

福井が自分の実家のホームページを見せながら、うちの代表銘柄は何だとか、味はどんなだと説明している。にこやかに頷《うなず》きながら、小春は自分の前に座る同級生達の後頭部を眺めた。

黒髪のショートカット、ポニーテール、スポーツ刈り、ツーブロック、福井のように入学早々髪を染めている子もいる。目を瞠《みは》るほど奇抜な格好をした子もいない。それでもみんな、小春と同じように酒蔵の子だったり、味噌屋や醤油蔵、はたまたパン屋やチーズ工房の子供だったりするのだろうか。家業というやつを継ぐために大学へ来て、自分の代で家を大きくするんだとか、新しいビジネスモデルを作るんだとか、日本の未来を食で支えるんだとか、そんな大層な野望を抱いているのだろうか。

ここは、そんな夢と志にあふれた場所なのだろうか。もしそうなのだとしたら、自分は近いうちに弾き出されてしまうような、そんな予感がした。

「ねえ桜庭さん、このあと暇？」

学科長の長話を乗り切り、大教室を出たところで福井が再び話しかけてきた。人混みに紛れてさっさと席を立ったのに、ちゃっかり後ろをついてきている。

「学食でお昼食べて、午後からサークル見て回らない？　興味あるサークルとかない？　一緒に見に行こうよ」

新入生ガイダンスが行われる今日を皮切りに、キャンパス内では各部活やサークルによる新入生の勧誘が始まる。授業のガイダンスや受講登録期間もスタートするから新入生は猛烈に忙しくなると、同じ寮の先輩が教えてくれた。

福井は当たり前という顔で小春の隣を歩いた。のらりくらり返事を躱《かわ》しながら校舎を出ると、レンガ敷きの中庭に長机が大量に並んでいた。それぞれの机にサークル名の書かれた旗や幟《のぼり》が掲げられ、運動部はユニフォーム姿で中庭に現れた新入生に片っ端から声を掛けている。ダンス、テニス、野球、バスケ、バレー、自転車、ハイキング、ボルダリング――運動部が目立つと思いきや、軽音楽、茶道、アカペラ、料理、落語といった文化系のサークルも大量にあった。

学祭を一部分だけ切り取ってきて、ここに閉じ込めたみたいな、そんな浮かれた雰囲気だった。どこかから、野菜を醤油やみりんで煮込んだような匂いが漂ってくる。

炊き出しで学生を誘い込もうとしている団体があるのだろうか。よくよく見たら、長机の上にコンロを置いて焼き鳥を焼いているサークルまであった。

「凄いねー、昼飯食う前にどっか見てく？」

中庭を見渡した福井が言う。イエスともノーとも答えていないのに、午後から一緒にサークル見物をすることになってしまったようだ。

自然光の下で茶髪が一層光って見えて、今朝、慣れない化粧を一生懸命して寮を出た自分がちょっと恥ずかしくなった。きっと、アイシャドウもチークも自分の顔に馴染んでいなくて、絶妙に垢抜けていない。

何より、福井のこのぐいぐいと躙《にじ》り寄ってくる感じが、やはり受け付けない。

上手い断り方を探しているうちに、福井がテニスサークルに声を掛けられてしまった。「話だけでも聞いていってよー」と、男の先輩に肩まで組まれている。福井も満更でもなさそうだった。

「桜庭さん、とりあえずテニスサークル見ていかない？　なんか楽しそう」

このまま彼とテニスサークルの長机の前に座ってしまったら、十分後には入会している気がする。やったこともないテニスを四年間やるのだろうか。テニス部の先輩とやらは、福井の馴れ馴れしさを三倍凝縮したような顔をしていた。女性陣は服装も化粧も華やかで、小春が勝手に思い描いていた農大のイメージとは違った。四年間……ここで四年間のキャンパスライフは……残念ながら想像できない。

「あー、その、ごめんなさい……」

視線が重力を失ったようにあちこちへ泳いでしまう。テニスサークルの幟、野球部のユニフォーム、ポンポンを持ったチアリーダー、柔道部の道着、料理研究会の豚汁、大口を開けて歌うアカペラサークル……ない、現状を打破できるものがどこにもない。

「え、桜庭さん、行かないの？」

「おいでよーうちのサークル楽しいよ？」

福井と先輩の声が混ざる。数名の一年生が小春と同じように捕まっていて、このままグループでごっそりテニスサークルに刈り取られてしまいそうな雰囲気だった。何より、自分達を見るテニスサークルの学生の目が、完全に収穫を前にした生産者のそれなのだ。さっさと収穫して出荷しましょうという顔だ。流石は農大だ。

口を開けたまま、観念して「行きます」と言おうとしたとき、福井の背後で風景にノイズが走ったような気がした。

直後、彼の後ろから、桜庭宇一がぬうっと顔を出した。

「やっぱり、小春だった」

宇一は「大槻《おおつき》ゼミ」と襟に書かれた真っ青な法被《はっぴ》を着て、手には小さな紙コップの載ったお盆を持っていた。法被には白い一升瓶の柄が入っていて、どうやら大槻ゼミとやらが彼がこの前言っていた「日本酒を研究するゼミ」らしい。

宇一の手にした紙コップからはほんのり湯気が上がり、甘い香りがした。小春もよく知る匂いだった。

米麹《こめこうじ》の匂いだ。甘酒だ。

「意外だなあ、小春、テニスサークルなんて入るタイプだっけ？」

「いや、たまたまっ、たまたまガイダンスで一緒になった子と話してただけで……」

歯切れの悪い口振りに何かを察してくれたのだろうか。怪訝《けげん》な顔をした福井とテニスサークルの学生に、宇一は「あ、甘酒飲む？」と紙コップを手渡した。福井が「うす」と素直に受け取って一口飲んだ隙に、宇一の法被の裾《すそ》を摑む。

「この人、知り合いなんです。私、この人と約束があるんで、福井さん、また今度っ」

ぐいっと宇一の腕を引っ張り、テニスサークルの輪から抜け出す。意外とすんなり離れることができた。宇一とかち合ってしまうのは想定外だったが、刈り取られるのは回避できた。

大勢の新入生と、彼らを狙《ねら》う上級生でごった返す中庭を、人を掻き分けるようにして進む。ほどほどに歩いたところで、すれ違う人に器用に甘酒を配りながらついてきた宇一を振り返る。

「ごめん、いきなり」

中庭の端で立ち止まると、「はい、ラスト一つ」と宇一が紙コップを差し出してくる。受け取った瞬間に、また米麹の香りが鼻先をくすぐった。彼は空になったお盆を満足げにひょいと頭に載せ、「強引に勧誘されてた?」と唇の端でくすりと笑う。

「うちのテニスサークルは性格と酒の飲み方が派手な連中が多いからなあ。あんまりオススメはしないけど」

「オススメされたとしても絶対入りたくないよ」

「なら、見つけられてよかったよ、困った顔してたから」

そうか、顔に出ていたのか。無性に恥ずかしくなって、甘酒のカップを見下ろした。

ふーっと息を吹きつけ、一口飲む。程よく冷めた甘酒は、舌に染み込むように甘く、真っ白な旨味の層が口の中に重なっていくような、ふくよかな味がした。

「春なのに甘酒配ってるの?」

「うち、別名『日本酒ゼミ』だからさ。ほとんどが未成年の一年生相手じゃ、甘酒くらいしか振る舞うものがないんだよ。それに、甘酒って実は夏の季語だし、別に冬にしか飲んじゃ駄目ってわけじゃない。美味しいでしょ、それ。俺が炊いた白米をじっくりコトコト煮込んで作ったんだから」

「美味しいけど、ゼミって三年生になったら入るんじゃないの? 宇一君、まだ二年生でしょ? それに未成年だし、誕生日……」

四月十二日——明日じゃん。

言いかけて、やめる。彼の誕生日をわざわざ覚えていると思われるのが、なんだか嫌だった。

「カリキュラム上はそうだけど、プレゼミっていって、一、二年のうちから顔を出してる学生も多いんだよ。日本酒の製造方法について研究したり、日本酒を活用したビジネスモデルについて考えたり。もちろん、未成年は飲ませてもらえないけどね、一応」

一応、という部分を妙に強調して、宇一は歩き出す。頭の上に載ったままのお盆がふらりと揺れたが、落ちることはなかった。

どうしようか迷って、彼の後ろについていった。どのみち、来た道を戻ったらまたテニスサークルの人々と会ってしまう。小春がついてきているのを確認した宇一は、何故だか嬉しそうだった。帽子を脱ぐように頭の上のお盆を手に取り、小脇に抱えて意気揚々と歩いていく。

「ゼミもサークルと一緒でさあ、三年になったときに所属してもらえるよう、一年のうちから学生を青田買いしておこうと必死なわけ」

「だから、部活とかサークルに交じって一年生を勧誘してるの？」

「うちだけじゃないよ」

ほら、あそこ。宇一が指さした先には、チーズケーキで一年生を誘《おび》き寄せている学生達の姿があった。さり気なく近寄っていった宇一が、掌サイズのチーズケーキを二つくすねて戻ってくる。

当然のように、一つを小春に差し出した。甘酒とチーズ。同じ発酵食品で親戚同士かもしれないが、果たして食べ合わせはいいのだろうか。

「このチーズケーキは発酵食品を研究してるゼミだろ、あっちで味噌味と醬油味の団子を配ってるのは調味食品のゼミだし、瓶詰めの蜂蜜をプレゼントしてるのは蜜蜂のゼミでしょ？　土壌肥料のゼミは……多分、土を配ってる。毎年誰ももらっていかないけど」

閑古鳥が鳴いていた土壌肥料ゼミの前を通りかかると、宇一の言う通り「よかったら使って」と小袋に入った土を渡された。丁重に断った。

「なんか、農大って感じだね」

肩を落として離れていく土壌肥料ゼミの学生を見送りながら、小春は思わず呟《つぶや》いた。

「東京のキャンパスには農園がないから、可愛いもんだよ。農学部のある神奈川のキャンパスなんて、新入生歓迎会が農業収穫祭みたいなことになってるし。去年行ったけど、一週間くらい食うに困らなかった」

「宇一君、なんでわざわざ農学部のキャンパスに……」

野菜や米や肉が入学したばかりの一年生の上を飛び交い、その合間を大根や鶏を抱えた宇一が駆け抜けていく様子を想像したら、ふふっと笑い声がこぼれてしまった。

　そんな小春の手から、宇一が空になった紙コップを取り上げる。チーズケーキをかじりながら「甘酒、美味かっただろ？」と笑う彼は、農大での——醸造学科での大学生活を謳歌《おうか》しているようだった。自分が見たのは大学生活のほんの入り口で、序の口で、彼は少し先でいろんなものを見ているのだ。

「というわけで、小春もうちのゼミに来ない？」

　宇一が近くの長机を指さす。白抜き文字で「日本酒」と書かれた緑色の古い幟が、中庭を吹き抜ける風にふらふらと揺れていた。

「……そうなるよね」

　ちらりと見上げた宇一は、やはり収穫前の畑を見回す農家の顔をしていた。いや、むしろ、生まれたばかりの仔牛を前に、「大きく育てて食肉用に出荷するぞう」と意気込んでいる牛飼いの顔だ。

　そうなるよね。自分で発した言葉が、怖いくらい重く感じた。

「小春も、三年に上がったらどうせ酒造系のゼミに入るつもりだろ？　なら、一年のうちから楽しくやろうよ」

さあどうぞ、と手招きする宇一に、どうしてだか春の湊が浮かんでしまう。

淡い桜色のラベルに、青みを帯びたガラス瓶。コクのある味わい……らしい。

「宇一君さあ……」

左手に、宇一がくすねてきたチーズケーキを持ったままだったことを思い出した。アルミシートを剝がし、大口を開けて頰張る。三口で食べきってしまうにはもったいないくらい、上品な甘さのケーキだった。

「宇一君は、自分の家で造ってる日本酒、好き？　酒蔵の仕事ってそんなに楽しいと思う？」

問いかけられた宇一の顔は、キョトンと音が鳴りそうだった。同様の問いかけを醸造学科に通う大勢の酒蔵の子に投げかけたら、みんな同じ反応をするのだろうか。好きとか嫌いとか、楽しいとか楽しくないとか、そんなこと考えたこともなかったという顔を。

「私は、あんまり好きじゃない。ていうか、日本酒は苦手だと思う。だからさ、醸造学科に一応入ったけど、お酒の勉強はしないかもしれないし、酒蔵の仕事も正直ピンときてない」

もしかしたら、日本酒だけでなく、ビールもワインも焼酎もウイスキーも、アルコールの類が一通り苦手な可能性もある。

「二十歳になったら、そりゃあちょっとはお酒も飲むだろうけど、日本酒は無理だろうなと思う」

それは遠回しに、桜庭酒造を継ぐつもりはないという宣言だった。

両親は、まさか小春がそんな風に考えているなんて思ってもみないだろう。例えば発酵食品とか蜜蜂とか、もしかしたら土とか、酒造りとは関係ないことを学んで、「桜庭酒造は継ぎません」なんて言ったら、どんな顔をするか。

宇一はしばらく何も言わず小春を見ていた。徐々に、その目がすーっと見開かれていく。色素の薄い瞳に春の陽が差し、琥珀《こはく》なのかメノウなのか、鉱物のように光った。

「小春」

宇一に名前を呼ばれる。志をもっている人の目は、こんな風に宝石のようになるのだろうか。自分の目は今、宇一からどんな風に見えているのだろう。

「俺、明日には二十歳になる」

「そうだね」

知っている。よく知っている。

「酒蔵の子供だし、なんだかんだで酒を飲んだことはあったけどさ、大手を振って飲酒できるようになって飲むのとは違うと思うんだよね」

腕が触れるほどの距離を、白い法被を着た学生達が駆けていった。「乳酸菌が好きな一年生はいないかー！」と叫びながら、わら半紙で作ったチラシを配って回っている。

自分達の周りは、とても楽しそうな音で、表情で、雰囲気で満ち満ちていた。だって春なのだ。四月なのだ。しかも大学なのだ。陰気なものなんて何一つないような場所で、どうして自分達はこんな話をしているのだろう。

「乳酸菌ゼミかあ……」

離れていく白い法被の集団を見送った宇一が、ぽつりと呟く。シャボン玉が風に流されていくみたいに、声が消えた先を目で追いたくなる。

「小春」

また、宇一が自分の名前を呼ぶ。

「春の湊、おじさん達に持たされた？　寮の部屋にある？」

「ある、けど」

無意識に怪訝な顔をしていた。宇一は反対に、妙に柔らかい笑みを浮かべる。ミルクティーに似た色の髪によく似合う、焼き菓子のような香りがしそうな微笑みだった。

「じゃあさ、それ持って、今日の夜中に集まろう」

＊

「泥棒みたいなスタイルで来たんだね」

引っ越しの荷物に紛れていた風呂敷に、春の湊を包んで背負ってきた小春をひと目見て、宇一は腹を抱えて笑った。堪らず「笑うな！」と叫んでしまった。

外灯が一角だけをぽつんと照らす寮の屋上は、思っていたより狭かった。建物の大きさの割に屋外に出られる部分は六畳ほどしかないのだが、誰が置いたのか小さなテーブルと木製の椅子が二脚置いてある。宇一はそこに腰掛けて、もうすぐ零時を回るのに明かりのついている大学の実験棟を眺めていた。

「だってさ、もう消灯時間過ぎてるし、そもそも学生寮で未成年が日本酒の一升瓶持ってうろうろするって、どう見てもアウトでしょ？　ただのアウトじゃなくて、スリーアウトチェンジでそのまま停学ってくらいアウトじゃないっ？」

入寮から二週間。ルール違反で退寮、停学処分なんて絶対に御免だ。静まりかえった廊下を、階段を、どんな気持ちで一升瓶を背負って歩いてきたか、この男は想像できないのだろうか。

「これ、飲むの？」

風呂敷をほどき、春の湊をテーブルに置く。まだ口開けしていないから、瓶の首を握る自分の掌ごと、どこかに沈み込んでしまいそうな感覚がする。

「こっちもね」

にやりと笑った宇一が、足下に置いてあった一升瓶を取り上げる。飴《あめ》色の重厚な瓶が、ずん……と低い音を立てて春の湊の隣に置かれた。

思わず、瓶のラベルに触れた。ざらついた手触りの白いラベルには、「月《つき》の雨《あめ》」と流れるような字体で書かれている。宇吉酒造の代表銘柄だ。自分の部屋で冷蔵庫に入れていたのだろうか、瓶はひんやりと冷たかった。

「月の雨って、宇一君のお祖父ちゃんが春の湊をベースに造ったんだよね？」

「春の湊は香りが強くてしっかりした味わいの醇酒《じゅんしゅ》だけど、月の雨は爽酒《そうしゅ》だから、淡麗ですっきりした味だけどね」

その口振りから、彼がすでに長いこと月の雨の味に親しんでいることがわかってしまう。

「あと、月の雨の弟みたいなのも造ってたよね？」

「そうそう、果実フレーバーの甘い風味のやつね。海外だとそっちの方が人気みたいだよ。うちに酒蔵見学に来る外国人観光客も、喜んで飲んでくれるし」

そうだ、宇吉酒造は旅行代理店と組んで、酒蔵見学ツアーをやっているんだった。酒造りの様子を見学して、試飲をして、酒蔵に併設した売店で買い物をしてもらうというもので、これが海外から来るツアー客にとても好評だと聞いたことがある。

「宇一君のところ、ワインとかビールも造ってるもんね」

「祖父さんのときからそうだったわけだから、新しいもの好きな家系なんだよ。それが原因で桜庭酒造から独立したんだし」

「うちだって元を辿《たど》れば同じ家なのにね。どうしてあんなに違うんだろ」

桜庭酒造にも以前、酒蔵見学ツアーをやらないかという提案が旅行代理店から来たことがある。父も母もすぐに断った。春の湊以外の酒を造ることも、ビールやワインといった日本酒以外の商品を造ることもない。昔から、ただ実直に真面目に春の湊を造り続けている。移り気にあれこれ手を出してもいいことがない。むしろ本業の日本酒造りが疎《おろそ》かになる。それが両親の考えなのだ。

「別にどっちがいい、悪いって話でもないんだけどね。父さん達は当然、自分がやってることの方が正しいって思っちゃうんだろうけど」

部屋着なんだろうか、トレーナーのポケットをまさぐった宇一が、何かを取り出す。テーブルの上でそれはコツンと軽やかに鳴った。

お猪口《ちょこ》だった。切ったばかりの青竹で作ったのか、宇一が手を離した瞬間に竹林の中にいるような湿った土の気配が香った。

「二十歳の誕生日に飲むやつだから、キャンパスの竹を一本拝借してきて作った」

宇一がキャンパスの方を指さす。ちょうど、明かりのない真っ暗な一帯だ。そういえばキャンパス内に小さな竹林があったはずだ。

「……勝手に切っちゃって大丈夫なの？」

「残ったところは今度ゼミで流し素麺やるのに使うよ。毎年、七夕と流し素麺のときに勝手に切ってるから、いいのいいの。またすぐに生えてくるし」

言いながら、宇一は月の雨の栓を開けた。大振りな一升瓶を両手で抱え、中身をゆっくり竹のお猪口に注ぐ。

月の雨は香りが控えめなはずなのに、不思議と爽やかな香りがした。竹のお猪口のせいだろうか。笹の葉の先で光る朝露を彷彿《ほうふつ》とさせる、鼻の奥に風が吹くような香りだった。

「零時回った」

スマホで時間を確認した宇一が小春を見る。自分のスマホを見てみたら、確かに四月十二日になっていた。桜庭宇一は、二十歳の誕生日を迎えた。

「誕生日おめでとう」

言ってから、彼の誕生日を祝福するのが初めてだと気づいた。その事実を振り切るように、「もうお酒飲んでも大丈夫だね」と続けた。

「そういうこと」

お猪口に唇を寄せ、宇一は月の雨をぐいっと呷《あお》った。舌の上に石を置かれるようなアルコールの重みが、こちらの口の中にまで伝わってくる。

空になったお猪口を、宇一はしばらく凝視していた。今更味についてどうこう聞くのも野暮な気がして、小春は黙って彼の顔を窺っていた。

「当たり前だけど、味は変わらないよな」

しばらくたってからそうこぼした宇一に、小春は軽い相槌《あいづち》だけを打った。

「滑らかで変な癖もなくて、爽やかでキレのある味。口に入れると、少しだけ香りが鼻に抜ける」

もう一杯、彼は月の雨をお猪口に注いだ。小さな竹の器に、外灯の光が落ちる。月が映り込んでいるみたいだった。

「自分の家で造ってる酒の良さや特徴を、言葉や理屈ではわかってるつもりで、でも本当に感じられてるのかなあと思ってた。特に、大学に入ってからはずっと」

「でも、宇一君、どうせ中学生くらいから月の雨は普通に飲んでたでしょ?」

「飲んでたけどさ、未成年のうちに味わってたものって、結局フライングでしかなくて、二十歳になって飲んで感じたものが本当なんだろうなって俺は思う」

お猪口を摘まみ上げた宇一は、頷くように笑った。二十歳になったばかりの舌が知った月の雨の味を、自分の体に刻みつけるみたいに。

「美味い」

声を弾ませて、彼はお猪口を空にした。テーブルに置かれたお猪口がコンと軽やかに鳴って、その音が妙に大きく響いて聞こえた。

「よかった！」

空を仰いで、彼は突然そう叫んだ。肩をすくませた小春のことを、にやりと笑ってくる。

「宇吉酒造を継ぐの、楽しみになってきた」

「今までは、楽しみじゃなかったの？」

「そういうわけじゃないけど、二十歳の決意ってやつ？」

春の湊に手を伸ばした宇一は、青みを帯びた一升瓶をしげしげと眺めた。暗がりで、春の湊は小春のよく知る酒とは別物に感じられた。

「飲んでみていい？　小春のところのは飲んだことないんだ」

頷くと、宇一は春の湊の栓を開けた。細い注ぎ口から、朝露がこぼれるみたいに春の湊が竹のお猪口に注がれていく。オレンジ色の外灯が差して、淡い光が筋を作り、お猪口の中で渦になる。流星群でも見ている気分になる。

「湊」という言葉の意味を知らないことに気づき、少し後悔した。もし知っていたら、この光景を、一生忘れることないくらい鮮明に記憶できたかもしれないのに。

春の湊を一気に呷った宇一は、一言「米だ」と呟いた。

「日本酒は米からできてるんだな、ってよくわかる味。王道の日本酒って感じ。王道を知るほど日本酒を飲んでない俺でも、王道なんだなってわかる」

あ、でも、春の湊は焼き物の酒器で飲んだ方が雰囲気があっていいかも。月の雨は冷やして飲んだ方が美味いけど、春の湊は熱燗の方が合いそうだな。濃い味付けの煮物にも合うし、チーズとか使った料理を一緒に食べても負けない気がする。

春の湊のラベルを撫《な》でながら楽しそうに話す宇一の名前を、堪らず呼んだ。そんな風に酒の話ができるこの人を、とても羨《うらや》ましいと思った。

「私もちょっと飲んでみていい？」

竹のお猪口に手を伸ばす。宇一は何も言わず、春の湊をそこに注いでくれた。誰かに酌をしてもらったのは、生まれて初めてかもしれない。

「中学校の卒業式の日に初めて飲んでそれきりなんだけど、そのときはあんまり美味しくなかったんだ」

「俺も初体験はその頃だったけど、速攻で吐き出したよ。舌が完全に危険物と認識してたもん」

「そっか」

宇一君もそうなんだ、と喉の奥で呟いて、お猪口に口を寄せた。宇一が口を付けていないあたりに触れようとしたが、暗くてよくわからなくなってしまった。

宇一のように一気に呷ることはできなかった。最初は舐《な》めるように一口飲んだ。

苦い、と思った。覚えのある重たい苦味だ。中学を卒業したばかりの小春は、この苦味を感じた瞬間、突き飛ばすように春の湊を吐き出したのだ。

喉の奥に力を入れて、熱い苦味を飲み下す。

息を吸うと、不思議と甘く香ばしい風味がした。どうしてだか、稲刈り前の金色の田園が脳裏に浮かんだ。

「春の湊は米をあんまり削らないで造ってるんだよ。醸造後も米の成分が残ってるから、コクのあるどっしりとした味になる。同じ純米酒でも、もっと精米する吟醸酒、大吟醸は、また味が違う」

「知ってる。精米の具合で味が変わるんでしょ？」

いつだったか、父が話してくれた。米は外側と内側で風味が異なるから、米粒の芯のところのみを使った酒と、外側の方も使って造った酒は味が変わってくる。

「確か、春の湊は三割くらいしかお米を削ってないってお父さんが言ってた」

もう一度、春の湊を口に含む。口の中に残るこのふっくらとした風味は、確かに米だった。精米したてのほのかに温かい米が、自分の中をさらさらと流れていく。

春の湊を、特別美味しく感じられるようになったかと言われると、違う。やっぱり苦くて、飲んだ瞬間、無意識に眉間《みけん》に皺《しわ》が寄ってしまう。でも、その先にあるらしい《美味しい》という感覚の――輪郭が、ぼんやりと見えた気がする。

もっともっと目をこらしたら、はっきりと見えるように、感じられるようになるだろうか。目の前にいる再いとこと、笑いながら日本酒を飲めるようになったりするだろうか。

しみじみとそんなことを考えていた自分のことを、宇一がじっと見ていた。

「二十歳になって、堂々とお酒を飲めるようになったら、もう一度自分の家で造ってる酒を飲んでみたら？」

半分ほどまで減ったお猪口を小春の手から取り上げた宇一は、それを綺麗に飲み干してしまった。顔色が変わった様子はないから、アルコールに弱い体質ではないようだ。

「春の湊も月の雨も、他の日本酒も、ビールもワインも焼酎も。好きにならなきゃいけないんじゃなくて、まずはどういうものなのか嗜《たしな》むくらいでいいんじゃないかな」

「でもさあ、宇一君。もしそれで、やっぱり日本酒なんて好きじゃないって思ったら？　酒蔵の仕事なんてしたくないって思ったら？」

「もしかしたら小春に今後恋人ができて、もしかしたらその人と結婚して、もしかしたらその人が酒蔵の仕事をしたいって言うかもよ？　それに、絶対に子供が継がなきゃいけないってものでもないでしょ。途絶えちゃうくらいならやりたいっていう人に継いでもらおう、っておじさんおばさんも考えるかも」

そんな都合のいいこと起こりっこないよ。小春が言いかけたのを見透かしたように、宇一は声を上げて笑った。

「あ、でも、そうなる前に俺が宇吉酒造を継いで、桜庭酒造を呑み込んじゃうかもね」

素面《しらふ》に見えるだけで実は酔っているのか。それとも大真面目に言っているのか。けらけらと気持ちよさそうに笑う宇一の胸の内を、小春は見分けられない。もし酔っているなら、お酒とはなんて卑怯で飄々《ひょうひょう》とした存在なのだろう。小春の《それなりの悩み》を、タンポポの綿毛に息を吹きかけるようにして、簡単に舞い上がらせてしまう。

酔って言っているのかなんて、素面で言っているのかなんて、そんなのどうでもよくなって「それも悪くない」と思ってしまう。

「家が酒蔵で、醸造の勉強するために大学入って、小春には人生の選択肢がないように思えちゃうかもしれないけど、うちの大学はそんなにつまんないところじゃないよ。小春がもし桜庭酒造を継がなかったとしても、きっと『大学生活は楽しかったな』って思える場所だよ」

「ほんと？」

「本当だよ。先に一年間ここで過ごしてる俺が言うんだから間違いないよ」

宇一の視線が、またキャンパスの方へ向く。ぽつぽつと明かりの灯る施設の中では、一体何が起こっているのだろう。そんなに楽しいことが行われているのだろうか。

「真夜中の日農大探検、やってみる？　結構楽しいよ」

いいことを思いついたという顔で笑って、宇一がテーブルに頬杖をつく。いよいよ本当に酔いが回り出したのだろうかと、眉を寄せてしまった。

「寮で未成年が飲酒してる上に門限破って外出とか、もう間違いなく退寮処分じゃん」

「大丈夫だよ、ここの管理人、月の雨が大好物だから」

たいていのことは酒を差し入れれば許してくれるよ、と片手をひらひらと振った宇一は、月の雨を片手に立ち上がった。

ああ、どうやら、本当に行くつもりらしい。

「何学部の学生なのかわかんない連中が謎の実験してるし、ときどき爆発音もするし、中庭でよくバーベキューもしてるし、発酵食品ゼミの研究室に忍び込めば酒のつまみにちょうどいいチーズが手に入る。今の季節は竹林に行けば筍も生えてるし……あと、この間はどう見ても熊にしか見えないものを見た」

グッと親指を立てて笑った宇一に、「え、やだよ、絶対行かない」と首を横に振った。何度も何度も振った。

……そのはずなのに、三十分後には一升瓶を棍棒のように担いで真夜中のキャンパスを闊歩《かっぽ》していた。もしかしたら、気づいていないだけで小春自身ももう酔っ払っていたのかもしれない。

小春が今後、微生物の実験をしたり、二年生に上がったら実際に酒造りの実習をする実験棟（ぽつぽつと明かりが灯っていて、怒鳴り声と小さな爆発音が本当にした）、座学の授業を受ける教室棟（真っ暗で何も面白くなかった）、植物園（夜中に見ると意外と幻想的で綺麗だった）、部活やサークルの部室が集まった旧校舎（古びたたたずまいが夜だと不気味で、しかもどこかから呻《うめ》き声が聞こえてきた）……学内には本当に学生や教員がたくさんいて、会う人会う人、小春と宇一が一升瓶を持っていると知ると、紙コップやマグカップ、ビーカー、ときには両手で器を作って「一杯ちょうだい」と近寄ってきた。二十三区内にあるとは思えない広大なキャンパスを歩いているうちに、一升瓶はほぼ空になってしまった。

代わりに、小春のスマホには学部も学年もわからない人の連絡先が大量に登録された。

入学早々に自分は何をしているんだろうと冷静になったのは、翌朝、寮の個室に戻ってからのことだった。いろんな人から〈昨夜は楽しかったね!〉〈小春ちゃんの家のお酒美味しかったよ!〉というメッセージが立て続けに届いた。

その中には、宇一からのものもあった。

〈日本酒のゼミは毎週木曜の一時からなので、どうぞよろしく〉

〈あと昨夜撮った写真送るね〉

二通のメッセージの後に、一升瓶を肩に担いで竹林にたたずむ小春の写真が送られてきた。学生寮のルール、学則、モラル、何もかも無視した酷い写真に思わず噴き出した。

でも、写真の中の自分は何がおかしいのか大口を開けて笑っていて――宇一から自分がこんな風に見えていたのなら、きっと楽しかったのだろうと思った。

窓を開けた。朝日が眩《まぶ》しく、徹夜明けの目にチカチカと染みた。でも、キャンパスから吹いてくる風はひんやりとして気持ちがいい。

小春は一人、一升瓶の底に残った春の湊をグラスに注いだ。朝の日差しを受けて白く光った春の湊を、ぐいっと呷る。

苦味とアルコールの重みに、無意識に眉間に力がこもる。でも、昨夜よりずっと軽やかに、春の湊は小春の中に入っていった。深呼吸をしてみると、朝の空気の向こうに金色の田園風景が見えた。

定食屋「雑」

原田ひ香

原田ひ香（はらだ ひか）

1970年、神奈川県生まれ。2006年「リトルプリンセス２号」でＮＨＫ創作ラジオドラマ大賞受賞、07年『はじまらないティータイム』ですばる文学賞を受賞しデビュー。主な著書に『東京ロンダリング』『DRY』『まずはこれ食べて』『一橋桐子（76）の犯罪日記』『三人屋 サンドの女』『ランチ酒 今日もまんぷく』など。

「豚バラ肉と大根あったら、何作る？」

目の前に座っている田端亜弥《たばたあや》が言った。

「今、冷蔵庫にそれだけしかないんだよね。沙也加《さやか》、料理上手じゃん、考えてよ」

「バラ肉は塊？　薄切り？」

三上《みかみ》沙也加は首を傾《かし》げながら尋ねる。

「薄切り。昨日、アスパラの肉巻きを作ったの。大根は一昨日、焼魚に大根おろしを添えた時の残り。今朝の味噌汁には使ったんだけどさ、まだ半分くらい余ってて」

聞きながら亜弥は「やっぱり、帰りにスーパーに寄って帰らないとダメかなあ」とつぶやいた。さらに、スマートフォンの料理レシピアプリを開き、「豚バラ、大根」と入れて検索している。人に訊《き》きながら、ちょっと失礼じゃないか、とむっとしてしまった。

「あった、あった」

亜弥は探し出したレシピを差し出した。

苦笑いしながらのぞき込む。

こういうちょっとデリカシーのないところはあるけれど、亜弥は中学時代からの親友だ。親しい間だからこその、遠慮のない行動とも言える。

そこにはいちょう切りにした大根と一口大に切ったバラ肉をこってりと甘辛く煮た煮物の写真が出ていた。てらてらと光る肉はいかにも甘そうだった。たぶん、砂糖、醬油、みりんが大さじ三杯くらいずつ使われているのだろう。

味が濃そうだ。自然に顔を背けてしまった。

「こういうのもいいけど……」

沙也加は自分の嫌悪感をさとられないように、スマホを亜弥にそっと戻した。

「最近は、スープ煮にするかな」

「スープ煮?」

「豚肉を一口大に切って、まず、お湯でさっとゆがくの。その湯は捨てて……」

「え、捨てちゃうの?　そこに一番おいしい出汁《だし》が出てるんじゃないの?」

「大丈夫。豚バラは旨味がぎっしり入っているから、そのくらいじゃ旨味はなくならない。むしろ脂を落とした方がさっぱりしていいんだよね。湯通ししたバラ肉をもう一度鍋に戻して新しく水を足してじっくり煮るの。二人分で水を三百二十ccくらいかな。大根は急いでいる時はいちょう切り、時間があれば二センチくらいの幅の四つ切りにして、その中で柔らかくなるまでことこと煮るの。最後に塩を小さじ半分加えてできあがり」

「小さじ半分？　たったそれだけ？」

沙也加は思わず、にんまり笑ってしまう。そこを訊いて欲しかったのだ。

「そう。今、そのくらいの塩加減が気に入っているんだ。滋養味あるスープを飲むと、あーおいしい、幸せってなるよ」

しかし、目の前の亜弥は、あー幸せ、というにはほど遠い、しょっぱい顔をしていた。

「やってみるわ」

口ではそう言いながら、メモもせず、スマホのケースをぱたんと閉じた。

亜弥と別れたあと、沙也加はスーパーに寄って帰宅した。

カートを押しながら、つい、親友が今夜食べると言っていた大根に目をひかれ、カゴに入れてしまった。

しかし、家に帰っても一人なのだ。一本の大根を使い切ることができるかどうか。

だいたい、一人の夕食の買い物にカートを借りる必要はなかった。カゴだけで十分なのに、以前からの習慣でつい手に取ってしまった。

前は……カートを押しながら思う。朝ご飯、お弁当、夜ご飯と、日に三度料理を作っていた。二人家族だったけど、夫の健太郎《けんたろう》は身長百八十センチ、筋肉質でがっちりした体形だから、結構、量を食べる。大量の買い物が必要だった。

でも今はそんな量はいらない。

しかし、一度手に取ってしまった大根を売り場に戻すのも気が引ける。

沙也加は少し潔癖なところがあって、人がべたべた触ったものは買いたくない。なら逆に自分が触ったものを人が買わなくてはならなくなるのもエチケット違反な気がする。

結局、気がついたら、豚肉を買っていた。バラ肉はやはり脂っこいので、肩ロースにした。

家に着いても、すぐに夕飯の支度をする気にはなれなかった。亜弥と一緒にケーキセットを食べたし、一人のための食事を作るのも面倒だ。

ソファに座っていると、深いため息が出てきた。

結局、亜弥に話せなかった……。

「話があるんだ」と彼女を呼び出したのは自分の方だったのに。

亜弥は会社の愚痴、夫の母親の愚痴などをずっと話していて、沙也加が告白する隙《すき》も与えなかった。最後に「あれ？　沙也加、なんか話があるんじゃなかったっけ？」と思い出したように言われたけど、とっさに「大丈夫、また別の時、話すから」と答えてしまった。

亜弥が悪いわけじゃない。自分の中にまだすべてを話す勇気がなかった。

それに、亜弥が愚痴であってもどこか楽しそうに話しているのを聞いて、心がずいぶん慰められた、ということもある。

しかし、こうして一人でいると、孤独がしんしんとしみてきた。

やっぱり、聞いてもらえばよかったと後悔する。

亜弥は「さてと、武《たける》くんのご飯を作らなくちゃ、面倒くさいねえ」と言いながら、それでもいそいそと帰って行った。

彼女は何を作るのだろうか。あんなふうに言っていたけど、結局、砂糖たっぷりの豚肉と大根の煮物にするのかな。

今日は土曜日だから、彼女の旦那は家にいるのだろう。帰ってきた亜弥を迎え、「さあ、ご飯を食べよう」と言って食卓を囲むのか。

こちらは、土日もひとりぼっち。

夫、三上健太郎が家を出て行ってから。


週に二、三回あそこに行って、ご飯を食べ、お酒を飲むのだけが楽しみなんだよ。疲れが取れて、ほっとするんだ。

何度、思い出しても、屈辱で身体が熱くなる。

「俺の楽しみを奪わないでくれ、頼む」

最後にはそう言って、目の前で自分を拝んだ健太郎を許せなかった。

いや、許せないと言うより、信じられなかったのだ。

街の下卑《げび》た定食屋で時々飲むことが、大の男の生きがいだなんて。

そして、それほど自分の料理が嫌われていたなんて。いつもおいしそうに私の料理を食べていたのに。

少し前から彼は社内で新製品の特別チームに加わり、多忙で精神的に厳しい状況が続いていることは知っていた。

彼によれば、最初は帰宅時にコンビニで買った酎ハイを飲んでいたそうだ。アルコール度数九％の、時々、ネットなんかでも問題になる、強い酒だ。

「帰宅途中のコンビニで買って、歩きながら飲み始めて、途中の児童公園に座って残りを飲んで。それをしないと、仕事の疲れが取れなかった。頭が切り替えられないんだ」

始末に困ったアルミ缶は児童公園の隅にそっと置いて帰っていたそうだ。

気がつくと、沙也加は顔をしかめていた。

「ゴミを置いていくなんてお行儀悪い。そもそも公園で飲むのだってみっともない。買ってきて、家で飲めばいいじゃない」

「だって、そんな顔するだろう？」

慌てて、渋面を解いた。

「それに、沙也加はご飯と一緒に酒を飲むの、嫌がるじゃんか」

「だって、ご飯はご飯でちゃんと食べて欲しいの。こっちは頑張って作っているんだから。ご飯の後にナッツとかチーズとかでお酒を軽く飲めばいいじゃない?」

「……そういうことじゃないんだよ」

健太郎は下を向いて、諦《あきら》めたようにため息をついた。

そのうち、児童公園に「空き缶を捨てないでください。ここでお酒を飲まないでください」という貼り紙がされるようになり、彼の唯一の楽しみも奪われた。

ある時、沙也加がたまたま大学の同級生との飲み会の日、酎ハイを公園で飲むことを禁じられた彼は、家の近所の定食屋「雑《ざつ》」に寄った。そこで定食を食べ、酒を飲んで、店の虜《とりこ》になったらしい。

その後、帰りが遅くなり「ご飯はいらない、打ち合わせしながら会社の人と食べるから」「社内の飲み会があるから」「取引先の接待があるから」と家で夕食を食べないことが続いた。

健太郎は少しずつ太ってきた。それも、ストレスと付き合いのせいかと思っていた。でも「仕事だから」と遅くなっていたのは、ほとんどすべて定食屋「雑」で飲んでいたからだった。

「お酒を飲みたければ、飲めばいいじゃない。うちで。どうしてそんな嘘をついてまで外で飲むの？　何より、私に嘘をついていた、ということが許せない」

沙也加は健太郎に言った。しかし、心のどこかで、それだけの理由で夫の帰りが遅くなっていたとは信じていなかった。

夫はもっと別の嘘をついているのではないだろうか。例えば、他の女といった類《たぐい》の。

「たぶん、沙也加にはわからないと思う」

沙也加の気持ちを知ってか知らずか、健太郎は言った。

「どういう意味？」

「沙也加はあんまりストレスにさらされるような仕事はしてこなかったじゃん。それに、いつも清く正しく美しくみたいな人じゃん。俺の気持ちはわからないよ」

夫の言葉が失礼過ぎて息ができなくなる。自分の仕事をそんなふうに思っていたとは。

「ごめん、言い過ぎた」

沙也加の顔色が変わったのを見て、彼はすぐに謝った。

「俺はただ、ご飯を食べながら、だらだら酒を飲みたいだけなんだよ。つまみとか、おかずとご飯を口に入れてそれを酒で流し込んだり……」

別にかまわないわよ、と言おうとしたのに、その前に健太郎が重ねた。

「ほらね、やっぱりね。お前は下品、そういう育ちだから、みたいな顔をする」

「勝手に決めないでよ……」

でも、本当は心の中でそう思っていた。おかずとご飯を口に入れて、それを酒で流し込む？　考えるだけでぞっとする。

「もう、うんざり。一緒に暮らしている相手にさげすまれながら生きるのは」

そう言って、健太郎は出て行った。彼の方だけ書き込まれた離婚届を置いて。

彼がいなくなった後、試しにストロングゼロを飲んでみた。薬品くさい、ケミカルな味だった。最後には口の中に嫌な苦みが残り、とても飲めたものではない。半分ほど胃に流し込んで、残りは流しに捨てた。

それなのに空き缶を始末したとたん、急に頭の中がぐるぐる回ってきた。ジュースのような味なのに、なんて強いのだろう。こんなもので健太郎は仕事の疲れを「癒やして」いたのか、と思った時にはソファに倒れ込んで寝落ちしていた。

定食屋「雑」は駅からまっすぐ続く商店街の真ん中あたりにある、一軒家の店だ。しかし、フレンチなどのこじゃれた「一軒家レストラン」というのとはまったく違う。木造の屋根がひしゃげ、斜めになっている。壁は一度火事にでもあったのか、というほど濃い茶色だ。ほとんどつぶれかけている。

店の引き戸の上に、「雑」と一文字書いてあった。

亜弥と話した翌日の日曜日の昼過ぎ、買い物の帰りにその店の前に立った。戸は閉まっているけど、ガラス戸から店の中にびっしり、紙に書かれたメニューが貼ってあるのが見えた。

カウンター席とテーブル席が三つ、小上がりがあってちゃぶ台が二つある。今はテーブルに二人の男性が座っているのが見えるだけだ。

沙也加は外で一人で食事をすることはあまりない。ましてやこんな場末の食堂に……けれど、その時店の奥からカラー割烹着《かっぽうぎ》を着た、背の低い老女が出てきたのが見えた。

あれが店主かな。

女性がやっている店なのか、と思ったら、なんとか入れそうな気がした。

がらり、と引き戸を開ける。

「いらっしゃい」

その女店主が、これほどまでにやる気のない声って出せるのか、と思うほど力のない声で言った。

「あの、いいですか」

「どうぞ」

彼女は面倒くさそうに、顎《あご》でカウンター席を指した。

入り口の脇に古い券売機があった。ボタンのところに「肉定食」「魚定食」「野菜炒め定食」「カレー」「カツカレー」「日替わり」と手書きで書いてあった。値段は定食が六百円、カレーが四百五十円……どれも安い。

バッグから財布を出した。

「ああ、それ、壊れてる」

また、女店主のどんよりした声が聞こえた。

「え」

「今、壊れてるから、直接注文して」

「あ、はい」

沙也加はカウンターに座った。

「俺、この店の本調子、見たことないなあ」

テーブルに座っていた男の片方が彼女に声をかけた。二人とも薄緑の作業着を着ている。常連なのかもしれない。

「なんだって？」

ふきんをつかんだまま、彼女は返事をした。

「この店の、完璧な姿っていうの、見たことない。いつもどっか壊れてるじゃん。この間はエアコン壊れてたし、その前は冷蔵庫壊れてたし、ドアがうまく開かない時もあったよね」

「店もあたしも古いんだよ」

彼女は六十代だろうか、と沙也加は推測する。背は百四十センチ台で、横幅がある。樽《たる》のような体形だ。薄く紫色が入った大きなメガネをかけていて、それをヒモで首につっている。時々、近くを見る時にははずすようだった。

さすがに、この女が健太郎と何かあった、ということはないだろうと思う。だとしたら、他に店に女がいるのか。それとも客か……。

「あの、この肉定食っていうのは？」

思い切って、尋ねてみた。

「今日は生姜焼き」

「魚は？」

「赤魚の照り焼き」

「日替わりは？」

「サンマだね」

「……どうしようかな」

独り言を言いながら、店の中を見回した。

券売機に書いてある以外にも、「鶏の照り焼き」「から揚げ」「コロッケ」「肉豆腐」「冷や奴」「ゴマよごし」「煮魚」「焼き魚」「肉じゃが」「筑前煮」「オムレツ」「味玉」「ハムエッグ」「スパゲッティサラダ」などの貼り紙がある。

「じゃあ、生姜焼き定食にゴマよごしと肉じゃが、付けてください」

「定食の小鉢は冷や奴かゴマよごしを選べるんだけど」

「あ、じゃあ、そっちをゴマよごしにしてください」

「なら、生姜焼き定食のゴマよごし小鉢付きと肉じゃがね」

「はい」

「お酒とか飲み物は冷蔵庫に入ってるから自分で取って。値段は冷蔵庫に貼ってあるから」

確かに、店の端に細長い冷蔵ケースがあって、瓶ビールを始めとした飲み物がぎっしり入っている。

「ウーロン茶とかありますか」

すると、彼女はどこかいまいましそうに、「あるけど、麦茶ならただで出すよ。冷蔵庫に入っているのはウーロンハイ用だから」と言った。

「じゃあ、それで」

言葉通り、冷たい麦茶のグラスを持ってきてくれた。

その時、気がついたのだが、足を少し引きずっていた。

「ぞうさん、オムレツ追加で！」

テーブルのおじさんが声をかける。

「あいよ」

沙也加はカウンターの中に入った彼女の手元を見るともなしに見ていた。

豚のロース肉の薄切りを出してフライパンで炒めると、コンロの脇に置いてあった大きなペットボトルからじゃばじゃばと黒い液体をかけた。そして、自分の後ろにある冷蔵庫を開けて生姜の塊を出し、おろし金でがしがしとすって、フライパンの中に落とした。おろし金をフライパンの縁に打ち付けて、最後に残った生姜も落とす。店内にがんがんという音が響いた。甘辛い匂いがいっぱいに広がる。

次に大きな白い皿を出し四角いトレーの上に置いた。冷蔵庫から出した千切りキャベツとスパゲッティサラダ、てらてらに光った肉を並べた。トレーの空いたところに、味噌汁やご飯、小鉢のゴマよごしを配置した。

――この店はポテトサラダじゃなくて、スパゲッティサラダを付け合わせにするのか。

「はい」

そう言って、両手でカウンター越しの沙也加に差し出してくる。慌てて、両手で受け取った。さらに赤銅《しやくどう》色の大鍋から肉じゃがを小どんぶりによそった。

「あ、入れ過ぎちゃった。まあいいか」

独り言を言ったあと、「はい」とまたカウンター越しに手渡してくれた。

「いただきます」

沙也加の挨拶に返事はせず、フライパンにひき肉をぶちまけた。たぶん、オムレツを作るのだろう。

沙也加は箸を取り、それを両手で挟んで、もう一度「いただきます」と小さくつぶやいた。

味噌汁から飲んで、箸の先をぬらす。具はあおさのみで他には何も入っていない。でも、その出汁が利《き》いているのか、なかなかうまい。塩気がちょうど良い。

ご飯を一口食べた。少し硬めに炊いてある。嚙みしめると甘みがあるいい米だ。

「女だから、飯茶碗にしたよ」

無視されているかと思っていたのに、ちゃんとこちらを見ていたらしい。

「普通はどんぶりなんだけどさ。もっと食べたければお代わりはできるから」

「ありがとうございます」

店主はタマネギを刻んでいる。さすがに手際はいい。赤ちゃんかクリームパンみたいなぷっくりした手の中から、細かく刻まれたタマネギが次々現れる。

少し色の変わったひき肉を木のへらでぐるりと一回しすると、まな板の上の刻みタマネギを放り込んだ。それらを潰《つぶ》すようにして炒め、タマネギが透き通ってくると、また、同じペットボトルから液体をじゃじゃっとかけた。

——いったい、あれはなんだろう。醤油色だから醤油が入ってることは確かだけど。手際がよく無駄な動作がない。きれいな「手」の動きだな。不思議と、人を引きつける「手」だ。

ぼんやり見てばかりで、冷めるといけないと気づいて、生姜焼きを箸でつまんで、ぱくりと食べた。

うっ。

絶句した。

甘い。

黒々とした肉は砂糖の塊のように甘い。お菓子のように甘い。

しかし、吐き出すわけにいかないから、なんとか飲み込んだ。慌てて、ご飯をかき込む。

肉じゃがの方も頬張ってみた。やっぱり甘い。しかし、こちらの方はジャガイモの中までは味がしみ込んでなかったし、ある程度甘い味だということはわかっていたから、そうショックはない。

カウンターの女は、卵をボウルに三個割り、菜箸で手早く混ぜた。市販の塩胡椒を取って少しかけ、中身を別のフライパンにあける。

卵液がかたまってくると菜箸でくるくると混ぜて、横のフライパンの中にあるひき肉とタマネギを炒めたものをお玉ですくって入れた。フライパンを振って形良く整え、皿に出すと千切りキャベツを添え、ウスターソースと一緒に、彼らの席に持って行った。

「これがおいしいんですよ」

注文した男の嬉しそうな声が響く。

横目で見ていると、オムレツにソースをじゃばじゃばとかけ、大口で頬張ってビールをあおった。

「あー、この味この味」

その声を聞きながらくそ甘い生姜焼きをなんとか飲み込んで、味噌汁やご飯とともに食べきった。ちなみに、ゴマよごしも甘かった。

ただ、スパゲッティサラダが絶妙で、今まで食べたことのない味だった。洋風とも和風ともつかない味がする。

──あの黒い液体が何かはわからないが、とにかく、甘いものであることは確かなようだ。

食べ終わると、沙也加はそそくさと金を払って店を出た。

生姜焼き定食と肉じゃがの値段は千円ちょっとだった。


意外に思われるかもしれないが、沙也加は酒が嫌いじゃない。

いや、むしろ、好きな方かもしれないし、酒の知識も少しはある。

沙也加の父は結婚前に仕事でイギリスに留学したこともあり、ウィスキー、特にアイラモルトと呼ばれるシングルモルトが好きだった。母の方はあまり酒を飲まない。

だから、実家ではまずちゃんとご飯を食べた後、父はラフロイグなどのウィスキーをお気に入りのバカラのグラスに入れ、ストレートやロックでゆっくりと楽しんだ。

実際、スモーキーな香りのアイラモルトはあまり食べ物には合わない。

とはいえ、決して、スノッブで気取った家庭というわけではないと、沙也加は思っている。父はいつも、沙也加や母がテレビを観ている横で静かに酒を飲んでいた。にこにこしていて、酔っ払ったりすることなく、良いお酒だった。

二十《はたち》になると沙也加も父から一通りの知識を教えられて、アイラモルトを飲むようになった。よく「薬臭い」とか「癖がある」と言われがちな酒だが、じっくり香りを楽しみながら飲むには良い酒だ。

だから、沙也加は日本酒やワインなどの醸造酒よりも、ウィスキーや焼酎などの蒸留酒が好きだし、できたら、ある程度、良い酒をじっくりと味わいたいという気持ちが強い。最近は日本酒も好きになってきたけれど、それも、できたら、酒造の名前がはっきりしている特色のある酒を、楽しみながら飲みたい。

しかし、そういう環境に長年いたから、沙也加はご飯をむしゃむしゃ食べながら酒を飲むということが嫌い……というか、どうも受け入れがたかった。酒が口の中で食べ物の風味とまざり合う感覚というのが好きではない。

大学生になり飲み会という場に行って、飲み放題もついて三千円くらいのコース料理を食べた時には衝撃を受けた。わあわあ騒いで、酒も食べ物も大切に扱われていない。揚げ物ばかりの料理、薄くて甘くてまずい酒――帰る時にそれらが食べ散らかされ、飲み散らかされているのを見た時には心が痛んだ――が次から次へと運ばれてきて、醜く酔っ払った姿を晒《さら》し、ご飯を食べながら酒を飲んでいる同級生や先輩を、正直、下品だと思った。

IT関連企業に就職してからも状況はあまり変わらず、沙也加はそういう大人数の飲み会には極力出ないようにしていた。

とはいえ、人前でそういう態度を取ったことはないし、顔をしかめたりもしていない。ごく普通に平然とした態度を取れる、という自信がある。ただ、楽しくないのだ。だから、同じようなことを自分の家の中ではしたくなかった。酒を飲むなら、一度ちゃんとご飯を食べ終わってから、良い酒を少しだけたしなめばいい。だいたい、心を込めて食事を作ってくれる人に失礼ではないか。

食事中に酒で流し込まなければならない料理は味が濃すぎるんじゃないか、とも思う。出汁をしっかり取り、最低限の塩分で味付けをした料理ならば、それだけで十分おいしいはずだ。

そして、自分がきちんとした料理を作っている、という自負もあった。

健太郎とは、亜弥が誘ってくれた飲み会、いわゆる合コンで知り合った。最初に彼の家に行って、料理を作った時のことだ。

「ビールでも開ける？」

沙也加が作った、あさりのパスタとシーザーサラダを見ながら彼は言った。

「……じゃあ、少しだけもらおうかな」

「またまたー」

なぜか、彼は沙也加が言うことを冗談だと思ったようで、五百ミリリットルの缶ビールを出し、二つのグラスにじゃーっと注いで出してくれた。

沙也加はそれにほとんど口を付けなかったし、健太郎は残りのビールを自分で注いで、全部飲んでしまったけど、お互いに気にはならなかった。

付き合い始めて一ヶ月で、相手のことに夢中だったし、ご飯のあとに起こるであろうことにしか頭がいっていなかったのだ。うわのそらで食事をし、そのあと、彼のベッドで初めての関係を持った。

さらに、後でわかったことだが、その前に二人でイタリアンを食べた時、食事中はあまり飲まなかった沙也加が、食後にはコーヒーと一緒にグラッパを注文したのを見て、健太郎は彼女をかなりの「飲んべえ」だと思い込んでいたらしい。

半年ほどで結婚し、一緒に暮らし始めてやっと、沙也加が食事中に酒を飲むことに違和感を持っていることを知ったようだ。

けれど、沙也加はそのことにそれほど問題があるとは思わなかった。

彼が家を出て行くまでは。

親にも友達にも、「健太郎が家を出て行った。離婚をしたいと言われている」ということはまだ報告できていない。

夫は本当に、あの店の料理が好きなのだろうか。それとも、あの店にある、別の何かに理由があるのだろうか。

通勤の行き帰りに、休日の買い物の行き帰りに、沙也加は店の前を通りながら思う。

店は相変わらず、ひしゃげていて茶色だ。一度店に入ってからは、あの外観の濃い茶色は醤油で煮染めた色じゃないか、とさえ思うようになった。

もちろん理論的にはあり得ないが、毎日毎日、大量の醬油を使って料理するうちに内側からじわじわと染められていったんじゃないかと想像してしまう。

誰にも相談できないまま、別居は沙也加の生活をじりじりと締め上げていた。

まず、お金が足りなくなってきた。

もともと、沙也加は横浜の実家近くの、みなとみらいにある会社に正社員として勤めていた。結婚を機に、夫が住んでいた井の頭線の駅のマンションに引っ越すと通勤が一時間以上となり、朝のラッシュ時にはさらに時間がかかるようになった。自宅は駅から十分以上歩くので、帰りはくたくただった。

彼とも話し合って会社を退職し、派遣会社に登録した。すぐに渋谷のＩＴ企業を紹介された。

親には「せっかく正社員なのにもったいない」と少し反対されたけど、あまり気にならなかった。新しい生活が始まる時だったし、自分の時間も欲しいと思っていた矢先だった。

結婚後は週四日の勤務にしてもらった。収入は月十二万程度と減っても、家庭のこともできるし、社会ともつながれるので、とても気に入っていた。

彼が出て行って最初のうちはちゃんと家賃の九万円を振り込んでいてくれた。でも、先月から半額しか払ってくれなくなった。

まだ彼の荷物が部屋に残っているので、その「置き代」と思っているのかもしれない。

――とにかく、もう無理。別れたいんだ。

最後に彼から来たメールの文面が思い浮かぶ。

健太郎は今会社の近くのウィークリーマンションを借りて生活しているらしい。

沙也加を干上がらせて、ここから追い出す作戦かもしれない。

独身時代に実家から通っていたので百万ほどの貯金はあったが、結婚を機に家具や台所用品などを買ったのでもう半分ほどしか残っていなかった。家賃や生活費で切り崩していったら、あっという間になくなってしまうのは目に見えていた。

派遣会社に連絡して、できたら、週四ではなく、常勤で働きたいとお願いしてみた。今の会社では無理だと言われ、また、他の会社もすぐには探せないということだった。

一応、常勤できる会社を探してもらうことにして、電話を切った。

ため息が出た。

もし、ここを出て行かなければならなかったら、どうしたらいいんだろう。親や友達にも話さなくてはならないだろうな……生活苦よりも、そんなことの方が気になってしまう。

そんな時、貼り紙を見つけたのだった。

「定食屋『雑』店員急募　時給千円　見習い期間九百円　まかない有」

店の入り口の脇に、筆ペンでシンプルに書いた紙が貼ってあった。字の一つ一つに赤の二重丸がついている。

会社が休みの水曜日、沙也加は買い物帰りにそれを見つけて立ち止まった。

一石二鳥。絵に描いたような、一石二鳥だと思った。

この店で夫が女と出会って浮気していたのなら、それを調べられる。しかも、お金も稼げる。

東京都の最低賃金には少し足りないような気がしたけれど、まあ、それはいいとしよう。

この歳になって新しい仕事、それも肉体労働を始めるのはちょっとつらいかもしれない。でもやってみる価値はある。

思い切って、引き戸を開いた。

あの女店主は店の真ん中にあるテーブル席に座って、肘《ひじ》をついてこちらを見ていた。

「いらっしゃい」

相変わらず、声に張りがない。

「あの」

彼女は何も答えず、こちらを見続ける。

「外の貼り紙を見たんですけど……あれ、もう人は決まりましたか」

「いや」

頬に手を当てたまま、首を振る。

「私……働けませんか」

そこで気がついて、「あ」と声が出た。

「すいません。あれ、今見たばかりなんで、履歴書とか持ってきてないんですけど」

「……それは次でいいけどさ、こういうとこで働いたことあんの？」

彼女は自分の前の席を指さした。そこに座れ、ということかと思って腰を下ろした。

「学生時代にカフェでアルバイトしたことがあります。食べ物を運んだりしてました」

「ふうん」

沙也加の顔をじっと見た。

「料理はできるの？」

「まあ、一通りの料理は」

「じゃあとりあえず、シンクの中の洗い物をしてくれる？」

老女は言った。近くに座って気がついたのだが、話すたびにぜいぜいというような荒い息の音が入る。

「あ、はい」

沙也加はすぐに立ってカウンターに入り、シンクの前の大きくて硬いスポンジを握ると「そこにエプロンがあるよ」という声が聞こえた。確かに、冷蔵庫の取っ手のところにエプロンが押し込まれるようにして下がっていた。少し汚れている。

誰が使ったのかわからないエプロンには抵抗感があったが、服が濡れるよりはましだと思った。おそるおそる首から下げて、洗い物を始めた。

洗い物は山と積まれていたけれど、ほとんどの皿はなめたようにきれいだったから
そう大変ではなかった。それに硬めのスポンジが使いやすい。

「洗いました」

それを聞くと彼女はぜいぜい言いながら席を立ち上がり、カウンターの中に入って
きた。やっぱり、足を引きずっていた。沙也加が洗った皿をじっと見る。

「これ、拭いて片付けますか」

「そのままでいいよ。こっちに来な」

彼女はまたテーブルに座って、自分の前の席を指さした。

「どこに住んでるの？」

「近所です。歩いて十分くらいのところです」

「いつから来れるって？」

「あ、言い忘れました。私、月火木金は会社で働いていて、七時過ぎくらいにならな
いと来れないんですね。水曜と土曜と日曜は一日空いているんですが、それでもいい
ですか」

「それでいいよ」

「それって、どれですか」

「水、土、日にとりあえず来てくれればいい。十一時から十五時と十七時から閉店までにしようか。ああ、良ければ今日の夜から来てくれてもいいけど」

「大丈夫です。あの、私はなんの仕事をするんですか。洗い物とかですか？」

「洗い物、お運び、料理も手伝ってもらう。この食堂の仕事、全部。券売機が壊れて、それが部品がないとかで、なかなか修理できないんだって。あたしも腰をやっちゃってね。それで、いい？」

慌ててうなずく。

「じゃあ、あとで。五時に来て」

沙也加が立ち上がると、彼女も「よっこらしょ」と言いながら立った。

「あの、あなたのこと、店長さんって呼べばいいですか」

「あたしは店長じゃないよ」

「え、そうなんですか」

「皆は、ぞうって呼んでるよ」

「ぞう？　動物の象ですか」

背が小さくて、太っている。確かに子象のように見えなくもない。

だけど、相手は顔をしかめた。

「とにかく、ぞうはぞうだよ」

「じゃあ、これからよろしくお願いします……ぞうさん」

それでいい、というように彼女はうなずいた。


「雑」の仕事は最初から面食らった。

ぞう、と呼ばれる女は沙也加を横に立たせたまま、下ごしらえを始めた。

カウンターの中のキッチンは床がちょっとぬるぬるしている。

そこを掃除したい、と思いながら沙也加は持参のエプロンをした。厨房に置いてある、誰が使ったかわからないエプロンはしたくなかった。デニム地のエプロンを見ても、ぞうさんは何も言わなかった。

二人でジャガイモの皮を剝き、肉じゃがを作った。ぞうさんによればそれは店の夜の一番人気らしい。煮込みに時間がかかるから、最初に作るそうだ。

輸入牛のバラ肉の薄切りを大きなアルミの両手鍋で炒めて、切ったジャガイモも炒めてひたひたになるように水を入れる。

そして、彼女は唐突に左手を差し出して言った。

「醤油」

手術中の医師が看護師に「メス」と言って手を伸ばすような感じだ。

沙也加はキッチンを見回し、取っ手の付いた巨大サイズの醤油のペットボトルを見つけて差し出した。そんな大きなサイズの調味料入れは初めて見た。

ぞうさんは黙って手に取ると、キャップを外して鍋の中に注ぎ込もうとして、手を止めた。

「これじゃないよ」

「え、それ、醤油ですよ」

んん、とうなって、彼女は沙也加にそれを突き返した。そして、自分であたりを見回し、調理台の上に置いてある、同じ大きさのボトルをむぎゅっとつかんだ。

「こっち」

「え、でも、それ『すき焼きのたれ』って書いてありますよ」

非難の声を上げた沙也加をぎろっとにらみつけ、中身をじゃばじゃばと鍋にあけた。

「うわあ」

思わず、声が出てしまうくらい、大量に。

肉じゃがが煮あがるとそれは大皿に盛り付けられ、ラップをふわりとかけて、カウンターの台の上に置かれた。

「冷めていくうちに、味がしみるからいいんだよ。時間の調味料だね」

彼女は沙也加が訊いてもいないのに教えてくれた。

それから、里芋の煮っ転がし、ほうれん草のゴマよごし、鶏の照り焼き、ゴボウと人参とちくわのきんぴら、スパゲッティサラダ、小アジの南蛮漬け、キュウリとわかめの酢の物……などを彼女は次々と作っていった。

それでわかったことだが、この店の料理のほとんどはぞうさんが「醬油」と呼ぶ、「すき焼きのたれ」で味付けされていた。他に、「めんつゆ（三倍希釈用）」「（普通の）醬油」などもあったが、彼女はすべてを「醬油」と呼ぶ。

ほとんどは、すき焼きのたれで、その割合はたれ、めんつゆ、醬油が七対二対一くらいだろうか。

南蛮漬けや酢の物でさえも、すき焼きのたれに酢を混ぜて作るのだった。スパゲッティサラダは例外で、キュウリや人参、タマネギなどを刻んで軽く塩をして水分を絞ったところに、茹でたスパゲッティを入れ、醤油とごま油で味を付ける。洋風とも和風ともつかないあの味は、ごま油と醤油なのか、と心の中で感心した。つまり、今後、この店で働くことになれば、沙也加はすべての料理にどの「醤油」が使われているのか覚えて、外科医のごとく「醤油！」と高らかに叫ぶぞうさんの手元に差し出さなければならないようだった。

そこを間違えると、冷ややかに「違う」と言われてにらみつけられる。

作り置きできる煮物や付け合わせができあがった頃、客がちらほらと入ってきた。ぞうさんは魚焼き網を出して、鯖《さば》の一夜干しを次々と焼いた。それも大皿に積み上げていった。今夜の魚メニューのようだった。

客たちは昼と同じように定食を頼むこともあったし、単品で注文する客もいた。酒は七割くらいの客が注文し、客の九割は男だった。女が来てもほとんどはぞうさんと同じ年頃である。

沙也加が注文を取ってできあがった品を運び、ぞうさんがカウンターの中で作り置きできないメニューを作った。

ここまで女の客が少ないと浮気の可能性はないのかな……いや、逆に女性客が来ればすぐわかるな、などと考えながらお運びをしていた。客がいない時は洗い物をした。

時々、「あれ、新しい人入ったの」などと声をかけてくれる客もいたが、ほとんどは沙也加に興味はないようで、運ばれてきた定食にがっついていた。

八時を過ぎると、単品を頼んで酒を飲む客の方が増えた。定食屋から居酒屋に変わったような感じだった。

「ご飯、食べる？」

ぞうさんが声をかけてくれた。

「え、いいんですか」

「まかない、っていうの？　食べたかったら作るよ。今、ちょっと空《す》いてきたし」

「ありがとうございます！」

家を出る前におやつ代わりに菓子パンを食べてきただけだった。立ち仕事は予想以上につらく、お腹がペコペコだ。

「ご飯と味噌汁は自分でつぎな。嫌いなものはあるかい？」

ぞうさんが言うので、盆に白ご飯と味噌汁を用意した。

彼女は平たい皿を出して、お惣菜を適当に盛りだした。手元を見ていると、その日、余っているものを入れているようだった。

「何？」

沙也加の視線に気がついて、彼女がこちらを向いた。

「あ、あの……スパゲッティサラダ、ちょっと食べたいです……」

すると彼女は冷蔵庫を開き、大きなポリ容器に入っているそれをスプーンでがばっとすくった。

「ありがとうございます！」

「あんた、意外と図太いね」

「でも、それ、前に来た時、すごくおいしかったから」

ふん、と鼻を鳴らしたが、そう悪い気はしていないのか、少し笑っていた。

「いただきます！」

カウンターの端に座って食べた。

ご飯、豆腐とネギの味噌汁、鯖の一夜干し、煮っ転がし、スパゲッティサラダ、南蛮漬けなどが少しずつ。

疲れているからか前に来た時ほど、甘すぎるとは思わなかった。それでも、砂糖の

塊のような煮っ転がしはそうおいしいとは思えなかった。苦労して最後の一個を飲み

込んだ。

数週間が過ぎると、沙也加も常連客たちと話せるようになった。客たちは沙也加を

そのまま「沙也加ちゃん」と呼んだ。

「あの……、ぞうさんてどうして『ぞうさん』なんですか」

沙也加が訊いたのは、近所に住む七十代のおじいさん、高津《たかつ》さんだ。「雑」には週

に数回来る。夜の時も昼の時もある。夜は必ず、熱燗を一合注文して、なめるように

丁寧に飲んでいた。ジャンパーにスラックスのような出で立ちだが、いつも清潔で白

い髪も短く刈り込んでいる。

沙也加にも話しかけてくれるが、べたべたとまとわりついたりしない。数いる常連

のおじいさんの中でも沙也加の一等お気に入りなのだ。

少し遅めの昼の時間で、ぞうさんは買い物に行っていた。

店には沙也加と高津さんしかいなかった。

「あれは恋だよねえ」

「恋、ですか⁉」

ええっと声を上げてしまう。

「しーっ」と高津さんは唇に指を当てた。

「私が話したことは、ぞうさんには絶対内緒だからね」

「はい」

「ここの店はさ、元は『雑色《ぞうしき》』って名前だったんだよ」

「雑色？」

「そう。めずらしい名前だろ。雑色さんていう人がやってたの。俺の十歳くらい上だったかな。前はさ、日活のカメラマンをやってたっていう人でね、雑色さん、ハンチングなんかかぶってさ、なかなかいい男だったよ。そういう仕事してたから、何事にも粋《いき》でね。でも、日活がピンク映画を撮るようになった時、スタッフが抗議のためにたくさん辞めたんだけど、その時、雑色さんも退職したらしい」

「ピンク映画……」

「沙也加ちゃんみたいな若い人は知らないよね。ロマンポルノっていう、まあ、いわゆる、あれ、今はＡＶって言うの？　そういうのを日活が撮ってたことがあるんだよ」

「へえええええ」

「で、日活辞めたあと、この店を始めたんだって。昔は、付き合いがあった俳優さんなんかも来てたらしいよ」

「すごいですね」

「その時、手伝いに来たのがぞうさん。五十年近く前の話だよね。雑色さんは四十代、ぞうさんもまだ二十代のぴちぴちでね」

「じゃあ、もしかして、雑色さんとぞうさんが？」

「いや、それはないね。雑色さんには奥さんがいたからさ」

「えー、不倫！」

「だから、違う、違う。奥さんは子供の世話とかが大変で、ぞうさんは遠い親戚の娘でね、手伝いのために呼ばれたわけ」

「付き合ってたんじゃないんですか」

「そんな時代じゃないよ。きれいなもんだよ。ただ、この店で働くだけ。でも、息はぴったり合ってたよね。奥さんは五十くらいの時に亡くなってさ、俺ら、絶対、二人は再婚すると思ってたの。でも、しなかったね。最後の方はこの店の上で雑色さんが寝たきりになって、ぞうさんが世話をしながら、店のこともやってさ。亡くなってからは、ぞうさんがこの店を引き継いだの」

「へえ」

「だから、最初のぞうさんは主人だった『雑色さん』。今のぞうさんはさ、雑色さんが死んだ後、自然に二代目ぞうさんって呼ばれるようになってたわけ。でも、それをやめさせないんだから、ぞうさんもまんざらでもないんじゃないの」

「まんざらでもないってどういうことですか」

「ちょっと嬉しいんでしょ。粋じゃないの。奥さんには最後までならず、でも、『ぞうさん』って呼ばれることだけに喜びを見いだすってさ、ロマンティックだよ」

「そうって呼ばれることが？　そうですかねえ」

沙也加にはよくわからない。なんたって、子象のぞうと間違えたくらいだから。

「じゃあ、この店、本当は『雑色』なわけですよね」

「うん。色の字の方は古くなって取れちゃったんだよね」

「じゃあ、本来は定食屋、雑《ざつ》じゃなくて雑《ぞう》なわけですね」

「まあね。だけど、皆『雑《ざつ》』『雑《ざつ》』って呼んで、気がついたら『雑《ざつ》』になってた。食べログっていうの？　あのサイトにも『ざつ』って載っちゃったから、もうぞうさんも諦めたみたい」

「ふうん。まあ、ぞうよりざつの方がいいか」

「実際、雑な店だしね」

あはははは、と二人で声を合わせて笑っているところに、当のぞうさんが帰ってきて、慌てて口を閉じた。


ある土曜日、沙也加が十時に店に行くとめずらしく、ぞうさんが電話をかけていた。

「ああ、そうだよ。今日作るからさ、あんたも来たいかと思って。ああ、忙しかったら別にいいけどね。そう、じゃ待ってるよ」

満面の笑みというほどでもないけど、ほんのりと笑いながら彼女は電話を切った。

「なんですか」

そんな表情を見たことがなくて、沙也加は思わず尋ねた。

「なんですかって何が」

改めて訊き返されると、困ってしまう。

「いや……何か作るって言うから、何かと思って」

本当は電話の相手を訊きたかったのだが、二番目に訊きたいことを尋ねた。

ぞうさんは「すべてお見通しだよ」とでも言いたいような顔をして、ふん、と鼻を鳴らし「今日はコロッケを作るよ」と言った。

「へえ、手作りコロッケですか」

「うん」

「雑」の普段のコロッケはできあいの冷凍コロッケだった。ぞうさんが業務スーパーからまとめて買ってきたものだ。それでも、揚げ油に半分ラードを混ぜているから家で食べるのとは違うコクを出していて、それはそれで十分おいしい。注文する人もいっぱいいる。

「手作りはいつも作るわけじゃないんですね」

「手間がかかるからね。まあ、月に一回くらいかな」

ぞうさんはすでに大鍋に洗ったジャガイモを入れて煮立たせていた。茹でて、粗熱を取っている間に、他のお惣菜や付け合わせを作る。沙也加はキャベツの千切りをずっとさせられた。

さらに、ぞうさんはひき肉とみじん切りにしたタマネギを炒めてそれも冷ました。

「今日は肉や魚の定食はないんですか」

「コロッケがある日に、別のものを食べるやつはいないよ。まあ、鯖があるから味噌煮にでもしておくか。変わりもんが食べるかもしれないし、夜も使えるからね」

おかずがあらかたできあがったところに、ジャガイモの準備ができた。

二人でまとめてジャガイモの皮を剝き、それをつぶしたところに炒めたひき肉を混ぜる。俵型に形作ったものをバットに並べると、ぞうさんが大きなポリ容器を三つ出してきて、小麦粉、卵、パン粉をそれぞれに入れた。

「さあ、あと一息だ。やっちゃおう！」

ぞうさんは自分を奮い立たせるように言った。

そこからは、俵型のジャガイモに粉と卵をつけるところまでを沙也加がやり、パン粉をまぶしてきれいに並べるのをぞうさんが担当した。

ぞうさんはチェックもしていて、粉や卵が少しでもはげたところを見つけると「ほら、こういうところからパンクするんだよ、やりなおし」と沙也加に突き返してくる。大変だったけど、十二時少し前、バットの上に俵型コロッケ九十個が並んだところは壮観だった。

「二人でやると早いね」

ぞうさんは手を洗いながらぽつんと言った。

それは、これまでほとんど褒《ほ》めてもくれないし、感謝もしてくれない彼女の、初めての「ありがとう」に聞こえた。

ぞうさんは新聞の折り込みチラシの裏に筆ペンで「本日、自家製コロッケ」と癖はあるけど、意外に達筆な字で書いた。赤字の筆ペンで、各文字に二重丸を付けるのも忘れなかった。

「これ、外に貼っておいて」

沙也加が店の引き戸に貼っていると、商店街のカフェでアルバイトしている若い男が通って「あれ、今日、コロッケなの?」と言った。

「はい」

「うわっ、やったあ。俺、後で行くから取っておいて！」

「わかりました」

その時、ふと気がついた。自分が最初に見た「店員募集」の紙がなくなっていることに。

ぞうさんはもう沙也加以外は雇わないと決めたのか。

「待ってますよ！」

彼の後ろ姿に呼びかけた。自分で思っていたより大きな声が出てしまって、ちょっと照れた。

そこからは怒濤《どとう》のコロッケラッシュで、ぞうさんの言った通り、かなりの「変わり者」以外は皆、店に入ってくるなり「コロッケ定食！」とか「自家製コロッケ一つ！」とか叫ぶことが続いた。

沙也加は皿にキャベツとスパゲッティサラダを盛り付け、ぞうさんは揚げ鍋に張り付いてコロッケを揚げ続けた。

土曜だから、ビールを飲む人も多かった。定食ではなく、コロッケ単品とビールにして、楽しそうに飲んでいた。

あれなら自分にもいけるかもしれない……と沙也加は配膳をしながら、内心、考えていた。ご飯を食べながら酒を飲むのはまだ少し抵抗があるが、じゅうじゅう音を立てているコロッケを頬張り、ビールをぐっと飲むことを考えたら……悪くないような気がした。

十四時半に昼のラストオーダーが終わると、ぞうさんは「あんたも食べるかい」と言った。

客のいなくなったテーブルを拭いていた沙也加は「はいっ！」と返事をした。

自分でキャベツとスパゲッティサラダ、ご飯と味噌汁を盛っていると、コロッケが揚げ上がった。

「はいよっ」

ぞうさんが菜箸でコロッケを三つ、載せてくれた。

いつものようにカウンター席の端に座って食べる。

おかずや味噌汁を食べるのも忘れて、最初に、コロッケを箸で割り口へ運ぶ。サクッといい音がする。

「おいしい！」

思わず、声が出た。

「店の人がそんな大きな声で言ったら、これ以上の宣伝はないなあ」

今日はコロッケ定食でビールを飲んでいた高津さんが笑った。

「だって、本当においしいんですもん。手作りコロッケって、特別な味がしますよね」

「自家製コロッケ、久しぶりだね。ね？　ぞうさん」

高津さんがぞうさんに話しかける。

「やっぱり、沙也加ちゃんが来てくれたからかい」

洗い物をしていたぞうさんは手を止めて「まあ、そうですよ」と言った。

「じゃあ、我々は沙也加ちゃんに感謝しなきゃならないな」

彼は沙也加の方を見て、あははは、と笑った。

コロッケにはいろいろなおいしさがあると沙也加は思う。

「雑」でいつも出している冷凍のコロッケ、あれはあれでおいしい。それから、ちょっとした洋食屋で出すカニクリームコロッケやクロケットと呼ばれる、フレンチに近いコロッケ、あれもおいしい。

けれど、本当の手作りコロッケにはこれしかない味がある。衣が薄く、箸で割るとその下には柔らかいジャガイモと少しスパイシーな肉。口に入れると、少し乳臭い香りがして、とろりととける。

「ぞうさん、このお肉、何で香り付けしたんですか。胡椒だけじゃないですよね」

沙也加もカウンターの中に声をかけた。

「見てなかったのかい。ナツメグだよ」

「ああそれで。少しおしゃれな匂いだと思った」

そのまま食べても十分おいしいし、ソースをかけるとご飯のおかずにも最高だった。

いつも、こういう料理にすればいいのに、と思った。思い切って、コロッケ専門店にしたら、もっと客が来るんじゃないか。あの甘すぎる料理はやめるか、少しにして。そしたら、もっとおしゃれになって、私のような人も来るのに。

……やっぱり飲めるかもしれない。いや、飲みたい。

沙也加は人生でほとんど初めて思った。このコロッケ定食を食べながら、ビールを飲んでみたい、と。

ランチの時間は三時までだ。あと十分くらい。

「あのお、ぞうさん、いいですか……私もビー」

そう言いかけた時だった。

「まだ、やってますか?」

引き戸ががらりと開いて、その女が入ってきた。


きれいな人だ、というのが沙也加の第一印象だし、たぶん、誰が見てもそうだろうと思った。

しかし、それ以上に目に付くのは、彼女の細さだ。普通の痩《や》せている人、というのよりさらに、全体に一回り身体が小さい。睫毛《まつげ》が一本一本、空に向かって伸びるように長く、作り物のようにきれいにカールしている。肌には毛穴一つ見えない。なのに、化粧をしているのかもわからないくらい透明感がある。

「ぞうさん、連絡くれてありがとう。もう、嬉しくて、撮影の間中、ずーっとにこにこしてて、皆にからかわれたくらい」

彼女は自然に、一番奥のテーブル席に座った。黒いリュックを向かいの席に置く。白のシャツに黒のロングスカート。すべてが普通のものばかりなのに、どこかおしゃれだった。

「妃代《きよ》ちゃんが好きだと思って、連絡したんだよ。うるさかったかい」

「ううん。本当にありがたい」

「定食でいい？」

「ビールも付けちゃう」

　ぞうさんが冷蔵ケースに取りに行こうとするのを、「いい、私がする」と言って彼女は身軽に立ち上がった。

　もうラストオーダーなのに……、沙也加は内心思いながら、立ち上がってカウンターに入った。「あんたはもういいよ」

　ぞうさんが低い声で言った。

「え」

「あとは妃代ちゃんだけだから、あたしだけでもできるから」

「でも」

「大丈夫だよ」

　カウンターの外では、高津さんと妃代ちゃんが話している。

「久しぶりだね」

「はい。最近、ちょっと忙しくて」

「この間、テレビで観たよ。インカ帝国の取材に行ってたよね」

「あ、あれ、観てくださったんですか。嬉しい」

沙也加は首を伸ばして、そちらの方に目をやった。

「あの人、誰なんですか」

ぞうさんの耳元で尋ねる。

「……桜庭《さくらば》妃代子、知らないのかい」

「名前は聞いたことがあるような」

モデルからテレビタレントというか、レポーターになった人ではないか、と気がついた。

「もう上がりだろ。まかないを食べて片付けてくれたら、本当に大丈夫だよ」

ぞうさんがまたうながした。気を遣ってくれているのかもしれないが、まるで、あの人が来たから追い払われているような気がした。もしくは、有名人が来たから、詮索好きのお節介な店員を追っ払いたいと思っているのかもしれない。

沙也加はのろのろとカウンターから出て、席に座り、定食の残りを食べた。もう、コロッケは冷め始めていた。

「妃代ちゃん最近、来ないから、この店の男どもはこのところ元気なくてさ。ちょっと客足が減ったくらいだったよ。皆、妃代ちゃんが来ると浮き足立ってたからなあ」

高津さんもめずらしく、軽口を叩いている。前には「沙也加ちゃんが来てから、店が明るくなったなあ」って言ってくれていたのに。

そんなことより、彼の言葉にひっかかるところがあって、まかないを食べていた顔を上げてしまった。

「そんなあ」

「ほら、高津さんもいい加減にしな。妃代ちゃん疲れているんだから」

ぞうさんが割って入る。彼女が客をたしなめるなんてほとんどないことだ。いつもは客のことには我関せずなのに。

その時、気づいた。

ぞうさんが高津さんを注意しながら、ほんの一瞬、こちらを見たのを。ちらっとだけど、確実に目が合った。

彼女の目の中に「心配」の色が見えたのは、気のせいだろうか。

帰宅する途中でスマホで彼女のことを調べた。

桜庭妃代子、二十七歳。

やはり思っていた通り、十代の頃は雑誌モデルをしていて、大学卒業後、テレビの世界に入った人だった。

帰国子女らしく英語も堪能で、今はタレントと海外ロケのレポーター、グルメレポーターなんかの仕事が多い。でも、肩書きは「タレント、女優」となっていた。実際、何度か、ドラマのちょい役で出ているらしい。

若い頃撮った、水着グラビアなんかも出てきた。瘦せ過ぎているけど、真っ白で透き通るような身体だ。思わず、見惚れてしまう。

しかし、不思議だったのはそういった写真からは「少しきれいな、でも、ありきたりのタレント」くらいにしか見えなかったことだ。実際に目にした時の、超人的な美しさは画面からは伝わってこなかった。

芸能人ってすごいんだなあ、と改めて思う。

いくつかインタビュー記事もあった。

「一人で定食屋さんなんかも行きますよ。おいしい料理でビールをぐっと飲むと、生きてるなあって疲れが取れるんです」

美人だけど、気さくで親しみやすい人柄が売りのようだ。

急に、車のクラクションが近くで鳴って顔を上げると、軽自動車が自分とすれすれのところを走って行った。

「うわあっ」

あまりにも記事に熱中し過ぎて、車にひかれそうになっていた。

スマホをバッグにしまった。

それでも、読んだ記事が頭の中に浮かんでくる。

――もしかして、あの人が健太郎と?

いや、彼があんな美人の芸能人と、ということはさすがにあるわけがない。

でも、ふっと思い出した。

健太郎が家を出て行く数ヶ月前から、彼が急に海外情報ものの番組を観るようになったのを。

それも録画して、沙也加が寝た後、夜中に一人でこっそり観ていた。

沙也加は興味がなかったので、別に気にもとめなかったが。

――まさか。

もちろん、彼のような普通の男が彼女と付き合うなんて、考えられないけど、あそこで会って一方的に恋をした、くらいのことはあるのではないだろうか。

沙也加は深夜、自宅のキッチンに立っていた。

部屋は暗いが、そこだけは明かりをこうこうとつけている。

健太郎が出て行ってから、こんなに真剣に料理をするのは久しぶりだった。頭の中をぐるぐると巡る嫌な想像を振り払うように、目の前の作業に集中する。

家の琺瑯《ほうろう》の鍋に醤油、みりん、酒、砂糖を入れて、煮立たせる。沸いたところに鰹節をがばっと入れて、さらに沸騰したところで火を止めた。

丁寧に漉《こ》して、味を見た。

相変わらず、甘い。

けれど、「雑」で使っている「すき焼きのたれ」よりはましのはずだ。

醤油は金笛《きんぶえ》醤油、みりんは三河《みかわ》みりん、砂糖は和三盆《わさんぼん》を使った。酒だって、そのまま飲んでもおいしいものだ。出汁も利かせた。

醤油とみりんは同量だが、砂糖は思い切って半分にしてみた。それだけでも十分甘いし、出汁の旨味が入っている分、甘みが少なくても、おいしく食べられるはず。さらに上質の材料を使うことで、砂糖がなくても満足できる味になるはず。

――まだ甘いけど、ここから少しずつ砂糖を少なくしていけば、最後には醤油とみりんだけくらいまで減らせるかもしれない。

沙也加は自家製の「すき焼きのたれ」を作って、「雑」のぞうさん並びに、常連さんたちをも「砂糖断ち」させるつもりなのだ。彼らの健康のためにも、その方が絶対良い。

何度も味見をする。

最後に、「これでいい」とにんまり笑った。

「なんだ、これ」

沙也加から渡された瓶を持ったまま、ぞうさんは顔をしかめた。

「あー、昨日、ちょっと作ってみたんです。えー、一人暮らしで調味料とかが余ってるんで、少しでもお役に立てれば、と思って」

そうさんは瓶の蓋《ふた》をひねって開け、中身の匂いを嗅いだ。

「あの、いつも使ってる醤油……まあ、本来はすき焼きのたれですけど、その代わりに使ってもらえればいいいと思って」

そうさんはスプーンを使って、一さじすくい、口の中に放り込んだ。

深くため息をつく。

「いえ、ちょっと思いついたんで、まあ、よかったら使ってみていただけないかと……」

そうさんの表情を見ながら、沙也加はだんだん声が小さくなってきた。

「いくら?」

「へ?」

「いくらなんだよ、これ」

「いえ、だから余ったものを……」

「安くないんだろう? 厳選した材料を使ってることくらい、あたしにだってわかるよ、これでも料理人の端くれだ。いくらなんだよ」

「ですから、家にあったものを使っただけなので、本当にいいんです」

嘘だった。調味料は渋谷のデパートで買ってきたものだ。三河みりんは一升瓶で買ってきた。上質な日本酒や焼酎と同じくらいの値段がする。

ぞうさんはちっと舌打ちして、瓶の蓋を閉めた。

「……何があった？」

「え？」

「どうしたの。何かあったか。ここんとこずっとおかしいよね」

「そうですか」

「そうだよ、一週間くらい前から……」

コロッケを作った日だ。

「やたらとはしゃいだり、逆に急におとなしくなったり」

「自分では気がつきませんでした。すみません」

「うちは街の定食屋なんだよ。ただの定食屋。客はうちに来て、ご飯を食べて、お酒を飲んで帰って行く」

「それがさ、店の店員の心の中がバタバタしてるんじゃ、客も落ち着かないだろ？　わかる？　別に特別なことを求めているわけじゃない。ただ、ご飯を食べて、帰るだけ。三つ星レストランみたいな接客も、キャバクラみたいなお愛想も必要ない。でも、客の邪魔になっちゃいけないんだ」

「……はい」

「あたしが一度でも、愛想良くしろとか、丁寧にしろとか言ったことある？」

「ないです」

「そんなのいいから、ただ、普通にしていて欲しいと思ってるからだよ」

「……」

「何があったの？　言ってみな」

そこまで言われて、話せるような気になった。確かに、ぞうさんは接客に関して、沙也加に注文をつけたことはなかった。

「自分でもわかりませんけど……たぶん、桜庭さんが」

「ええ？　妃代ちゃんか？」

「彼女が来てから、ちょっといろいろ考えてしまって」

「あんたが何を考えることあるんだい。あの人は芸能人で、初めて会った人だろ？」

そこで、沙也加は告白した。

そろそろ誰かに聞いてもらいたい頃だった。家族にも友達にも話していなかったから。

「私の夫は三上健太郎といいます」

「そうかい」

「この店を利用してたんです。知ってましたか」

「知るわけない。名前なんか訊かないし、領収書でも切らなければ」

沙也加はスマホを出して、健太郎の写真を見せた。

ぞうさんはメガネを取って、じっと見た。

「ああ、来ていたかもしれないけど……」

「その程度ですか？　私、もしかしたら、ぞうさんが、私が彼の妻だと気づいているんじゃないかと思ってました」

「気がつかない、気がつかない」

彼女は手を顔の前で大きく振った。

「そんなに客のことに注意してないよ。忙しいし」

「そうですか……それで、夫はですね……」

夫が出て行ったこと、この店を利用していたこと、ただ、ご飯と一緒に酒を飲みたいと言われたけど、どうしても信じられないこと、たぶん、この店で女と会っていたか恋をしたのではないかと疑っていること、それは桜庭妃代子じゃないかと……。

「妃代ちゃんが？」

「はい」

「あんたの旦那の相手だって？　あはははは」

ぞうさんは大笑いした。ここまでの笑顔は初めてだった。

「あんた、途方もないこと言うね」

「だって、他に考えられないんです。それに、ぞうさんだって、私の方、ちらっと見たじゃないですか。あの人が来た時」

沙也加は、高津さんが妃代子が来るとこの店の男たちが浮き足立っているという話をした時のことを説明した。

「見たかなあ？　ぜんぜん、覚えてない」

　ぞうさんは首をひねる。

「だからてっきり、私、ぞうさんは私が健太郎の妻だと気づいて、妃代子さんとの関係も知ってたから見たのかと」

「あたしは霊能者や占い師じゃないんだよ」

「でも、食べ物屋さんの店員とか、そういうの鋭くて、お客さんのすべてを知ってるとか言うじゃないですか」

「とにかく、それはあんたの勘違い。あと、はっきり言って、まああんたの旦那はそこそこいい男だとは思うけど、妃代ちゃんの相手じゃないね。レベルが違う。あんた、旦那がそれほどモテると思ってるの。昔から、女房の妬《や》くほど亭主モテもせず、っていうじゃないか」

「知りません。初めて聞きました」

「とにかく、そう言うの……それに妃代ちゃんはいい子だよ。そんなことするわけない」

　ぞうさんは妃代子がこの店に来ることになった理由を教えてくれた。

「前に、店がテレビの取材を受けてさ」

「えー、この店が⁉　まさか」

沙也加は驚きの声を上げてしまってから、にらまれて謝った。

「すみません」

「……とにかく、取材はされたんだけど、結局、放送はされなくてね……その時、わざわざ謝りに来てくれたのが、レポーターだった妃代ちゃん。自分は悪くないのにね」

「ふーん。いい人ですね」

「とにかく、訊いてみるしかないじゃないか」

「何を」

「そういうことはさ、本人に訊いてみるしかない。直接、旦那本人に訊いて、話し合うしかないだろう？」

「はい……でも、怖くて」

「そうだろうけど、しかたないよ」

ぞうさんは沙也加の肩をばん、と叩いた。

「久しぶりだね」

ＬＩＮＥで連絡しても、「渡してある離婚届に判を押して返してくれ」という返事しか来なかった。

しかたなく、「離婚届を書いたから、それを渡すために会いたい。手渡しじゃなければ渡さない」と言ったら、やっと約束をしてくれた。

土曜日の十時、渋谷の喫茶店で会った。雑は昼の時間だけ、お休みさせてもらった。

彼は仏頂面で、十分遅れてやってきた。

「この後、会社に行かなくちゃならないんだよね」

「そんな……」

この人、本当に自分の夫なんだろうか、と改めて思う。

自分の都合で別れようとしている妻に、こんなに冷たい言葉をかけるなんて。

第一、そう簡単に離婚できると思っているのだろうか。

気持ちがくじけそうになった時、ぞうさんが言ってくれた言葉を思い出した。

「離婚なんて、自分が納得できるまでしなければいい。お金だって、本当は、収入の少ない方が正式な離婚が決まるまで足りない分を請求できるんだから、どうどうと要求すればいいさ。とにかく、自分の気持ちが収まるまで決めなくていいんだから。行っておいで」

ぞうさんはやたらと離婚に詳しかった。その言葉に背中を押されて、口を開いた。

「離婚したい本当の理由ってなんだったの？」

「え？」

「実は私、あの店で今、働いてるの。あなたが通ってた」

「え、『雛』で？」

「そう」

沙也加は店に行くようになった経緯を話した。

「……少し、わかってきたような気がする。お店でご飯を食べながら、お酒を飲んでる人を見て。ぞうさんに料理も習ってるし。今なら、あなたのことを許せる。あの店に行きたければ行ってもいいし、良ければ私も一緒に行きたい。うちでご飯を食べながらお酒を飲んでもいいよ。何より、あそこで働いて、いろんな人がいるんだってことがわかった」

健太郎はしばらく考えていた。そして、やっと口を開いた。

「許せるか……」

「うん」

「……沙也加にとって好ましい食べ方や飲み方があるように、俺や他のやつにだってあるんだよ。どっちが許すとかじゃない。どうして、自分だけが正しいって思えるんだろうな」

「え」

「……ごめん。もう、遅い。申し訳ないと思うけど、もう、気持ちが離れてしまったんだ。沙也加から」

泣きそうになった。でも、ぐっと涙をこらえた。

「好きな人、いるの？」

それはあの、妃代子さん、という言葉は心の中でつぶやいた。

「……そういうことじゃない。本当にそれは違う」

「わかった」

しばらく、二人でじっと黙っていた。

「でも、私もごめん。まだ、まだ、少し待って欲しい。まだ、気持ちが整理できない。離婚は少し待って欲しい」

「わかった」

健太郎は席を立って、店を出て行った。

沙也加はやっぱり泣いてしまった。

ランチの終わった頃、店に着いた。

沙也加の顔を一目見て、ぞうさんは言った。

「ご飯、食べるかい」

本当はまったく食欲がわかなかったけど、そこにいる理由が欲しくて、「はい」と言ってしまった。

メニューはチキン南蛮にゴマよごしだった。

ぞうさんが運んでくれた盆を見て、沙也加は自然に立ち上がった。そのまま、冷蔵ケースまで行って、瓶ビールと霜のついたグラスを持ってきた。

チキン南蛮を一口食べる。

相変わらず、甘く、そして、酸っぱい。

ビールの栓を抜くとグラスに注ぎ、ぐっと飲み干した。

「おいしいもんですね。ご飯とお酒は……」

悪くないかもしれない。むしろ、ほんの少し、心地よさすら抱いている。

「今なら、おいしいってわかるのに。私、自分が良いと思ってることを夫にもわかって欲しかっただけなんです。でも、押しつけてばかりだったんですね」

健太郎に言われたことを思い出すと、また泣きたくなってしまう。もっと早く気がつけたらよかった。けれど、こうやってずっと生きてきた以上、簡単に変われるとも思えない。

ぞうさんが自分のことをじっと見ている。

「あんた、気がつかないのかい」

「え」

ぞうさんが、前に沙也加が持ってきた瓶を持ち上げてみせた。

「それって……」

「使ってみたよ」

もう一度、チキン南蛮を食べる。確かに、甘いけど、前よりは甘くない。それに心なしか旨味も加わっているような気がした。

「悪くないね」

ぞうさんがぶっきらぼうに言った。

「本当ですか！」

「まあ、しばらく、使ってみてもいいよ」

ぞうさんがあっさりと採用したせいか、それまで意固地になっていた自分がしぼんでいく。体から力が抜けた沙也加は微笑んだ。

そして、こみあげてくる涙が落ちないように、猛烈なスピードで、ビールと一緒に定食を食べ出した。

barきりんぐみ

柚木麻子

柚木麻子（ゆずき あさこ）

1981年、東京都生まれ。2008年「フォーゲットミー、ノットブルー」でオール讀物新人賞を受賞し、10年『終点のあの子』でデビュー。15年『ナイルパーチの女子会』で山本周五郎賞を受賞。主な著書に『ランチのアッコちゃん』『本屋さんのダイアナ』『BUTTER』『マジカルグランマ』など。

昼過ぎにスマホが鳴るまで、有野《ありの》は浅く眠り続けていた。

「ぷうちん‼ 元気? 私だよ! 久しぶり。いやー、大変なことになっちゃったね。お店、閉めてるんだって聞いたんだけど!」

そのあだ名で呼ばれるのは数年ぶりで、今年は二〇二〇年だから――。もう二十年前ということになる。人生で最初に泥酔した夜が思い出され、クーラーを壊れたままにしているせいで汗びっしょりの上半身を起こして、周囲を見回す。観葉植物に間接照明、輸入物のソファ、ホッケーテーブルゲームの台、壁に作りつけた棚にずらりと並んだ洋酒の瓶。この部屋に上がってくる女たちがすぐに馴染めるように極力、バーの延長のような雰囲気を心がけたインテリアだ。

大丈夫、ここはあの高田馬場《たかだのばば》の安アパートではない。しかし、新型コロナウイルス感染拡大で、めっきり女たちの出入りが減った四十男の独り住まいは、確かにあの頃と同じむさくるしさが充満していて、有野はスマホを肩と耳の間に挟んだまま、サッシ窓を勢いよく開けた。明治神宮のセミの声が一層大きくなって、クスノキの濃い緑がざわりと揺れ、熱く青いにおいが吹き込んできた。

「そんでさあ、昔のよしみで、ぷうちんにお願いがあんだよ！」

有野を「ぷうちん」と呼ぶのは、もはやこの女ただ一人。「切るぞ」とつぶやきかけたら、大学で同じゼミだった大塚江理子《おおつかえりこ》は、耳の奥が痛くなりそうなドラ声をかぶせてきた。

「ちょ、待って。仕事、仕事の話！　ギャラも払います！」

卒業以来、ずっと会っていなかった彼女に再会したのは、まだマスターが元気だった頃。確か四年前。有野が買い出しから帰ってくると、まだ開店前だというのに、カウンターを挟んでスーツ姿の大塚とマスターがカナディアンウイスキーの話題で盛り上がっていた。いつも寡黙なマスターが声を出して笑うのを、有野はあの日、初めて見た気がする。大塚はこちらを見るなり目を丸くし「ぷうちん？　え、ぷうちん？　マジ、嘘、ぜんぜんわからなかったー！　私、今、お酒の営業やってるんだよ。ぜひぜひ名店『エクローグ』さんでモントリオールの新商品を使っていただこうと思ってさ」と早口でまくしたて、名刺を差し出した。酒造メーカーのウイスキー部門の営業部主任とあった。超就職氷河期時代、有野が卒業間際に小さな看板製作会社に滑り込んだのに対して、大塚は語学力とコミュニケーションスキルを買われて、業界最大手の内定をさっさとつかんでいたことを思い出した。

マスターの葬儀で、大塚は、必ずまたお店に行くね、と真っ赤な目で言っていたくせに、しばらくすると後任の若い男が現れ、それっきりになっていた。

その場のノリだけで行動しているお調子者。いいところを全部かっさらっていくトンビ。どんなに大酒をくらおうがピンチに見舞われようが顔色一つ変えることがない、肝臓とメンタルが鉄でできた女――。

入学して間もない頃、ゼミの飲み会の席が大塚の隣だったせいで、大学生活は散々なものになった。一浪していた有野は、今までの冴えない日々を全部ひっくり返すぞ、という強い覚悟を持って、考えに考え抜いた自己紹介がそこそこウケたので気が緩み、ゼミで一番の美人をほろ酔いを装ってふざけ半分で口説いてみたら、彼女は困ったように微笑んだ。それだけなら別にどうということはなかったのに、初対面の大塚が突然立ち上がって「元気を出せって！　また次があるよ！」と騒ぎ立てたせいで、彼女がぷっと噴き出し、いきなりガチの失恋扱いになってしまった。もう取り返しはつかない。人生初めてのやけ酒をくらった。それから数時間分の記憶はない。

目が覚めたら、大塚の狭いアパートでゼミ仲間たちが折り重なって雑魚寝《ざこね》していた。

有野はどうやら盛大に吐いたらしく、口の中が苦く、胃はキリキリ鳴っていた。大塚は鼻歌を歌いながらフライドポテトを大量に揚げていて、皿に盛り上げると「お待たせ！ ぷうちん！」と言いながら、こちらに勧めてきた。しぶしぶ一口食べたら塩気と脂っこさが空っぽの身体に染み渡るようで、つまむ指が止まらなくなった。酔っている間の有野がああだった、こうだったと、大塚は楽しげに、こちらが耳を塞《ふさ》ぎたくなるような報告をし、そのデカい声とポテトの香りにつられて、みんな次々に起きてきた。その日からクラスメイトから「ぷうちん、ぷうちん」とイジられ気味に呼ばれるようになった。ロシア大統領に就任したばかりの「プーチン」の外見にちなんだあだ名であることは明白だった。色白なのと二十歳にして生え際が薄いのが有野のコンプレックスだった。

この店に立つようになってからは、日焼けサロンに通い、ジムで筋肉をつけ、オールバックにすることで薄毛をごまかしている。髭《ひげ》の手入れはマスターと同じ理容室にまかせている。イケメンバーテンダーとして雑誌に紹介されたことも一度や二度ではない。

しかし、大塚はあの頃となんら変わらない調子でこう続けた。

「ねえ、私がホストやっているZoomのオンラインバーで、今夜シェーカーを振ってくれないかな。一回につきギャラは一万円。だいたい三日に一回、一時間として計五回でどうだろう。振込先、教えて」

ありがたい申し出であることは否めなかった。今月初めに東京都知事が「都民には夜の街、夜の繁華街への外出を控えてほしい」と発言して以来、同業者はみな苦戦を強いられ、有野も十日前にとうとう一時閉店を決めたばかりだ。この参宮橋《さんぐうばし》のマンション地下一階にあるバーはマスターが遺言で譲ってくれたもので、多くの自営業者が賃料が払えずに店を畳むことを視野に入れ始めている今、相当に恵まれた立場であると言える。それでも、貯金を切り崩して暮らす日々は焦りが募るばかりで、悩んだ末に、以前の同僚にデータ入力仕事を回してもらえないか、と昨夜メールしたばかりだった。

「ちょ、ちょっと、待てよ。パソコン前でカクテル作るだけで五万も？　そんなんでいいのかよ？　客層は？」

オンラインバーを開店する同業者もいるが、うまくいっているのは、常連同士が和気藹々《あいあい》と語り合う雰囲気の店ばかりで、静謐《せいひつ》さがウリの『エクローグ』には合わないかな、と二の足を踏んでいたところだ。

「そりゃぷうちんは超名店の二代目だもん。オンラインでもあのエクローグに行けるよって言ったら、みんな喜んじゃって。ぷうちんがシェーカー振ってるのを拝めるだけで価値があるよ。客層？　うん。えーと、バラバラだけど……。あっ、若くておしゃれな女性が多めかな？　みんな、お酒大好きなのに、今、飲みに行けなくて、めちゃめちゃストレス溜めてるんだよ」

そうだった。中学高校時代をカナダで過ごしたという彼女は、肩幅が広く手足が太く、酒好きでがさつな女のくせに、そういうタイプにありがちな紅一点として男子たちとつるむことはほとんどなく、いつもありとあらゆる種類の女子をはべらせて飲み歩くことで有名だった。その中には、ミス・キャンパスやモデルの卵までいて、陰では大塚ハーレムとまで呼ばれた。美女に囲まれても、どういうわけかその真ん中で一番リラックスして騒いでいるのが大塚江理子で、誰が隣にいても引き立て役に回らないのが本当に不思議だった。

「とりあえず、URL送るから。今夜二十二時に入ってね。事情はその時、説明する。『bar キリングミー』っていうミーティング名だよ。そんじゃ、よろしく。楽しみにしている‼」

そう言って、電話は一方的に切れた。五万円と大塚ハーレム、キリングミーという洒落《しゃれ》たネーミングに釣られて、有野はどうしても心が浮き立つのを止められなかった。オンラインとはいえ、せっかくだから店舗からの通話にしよう、と地下に降りていって、バーの入り口の鍵を開け、久しぶりに空気を入れ替えた。普段は製氷業者に発注するところだが、時間がないので、今日は自分で氷を作り、数時間かけて隅から隅まで掃除をした。まずは清潔、次に整理整頓。棚に並べた酒瓶は一つ残らずラベルが正面を向いていて、すべてがピカピカに磨きあげられていること。先代の教えを有野は忠実に守っている。

――バーテンダーとはバーの見守り人という意味を指します。バーテンダーは客にとっての牧師でなければならない。彼らの声に耳を傾け、常に平等に接すること。いつも同じ時間に同じコンディションで明かりを灯し、ドアを開けておくこと。

三十歳目前で弟子入りを志願した時、マスターは最初にそう言った。会社の先輩に連れて行かれたバー「エクローグ」でオリーブ風味の塩気がきいたダーティー・マティーニを飲んでから、有野の人生観は変わった。このまま仕事を続けるべきか悩んでいる時期だった。まるですべてを見透かしたように「これはルーズベルト元大統領が自ら考案し、米ソ会議でスターリンに振る舞ったといわれるカクテルです。自らがシェーカーを振ることで、見えてくるものもあるのかもしれませんね」とさらりと告げた白髪で物静かなマスターは理想の男であり、憧れとする職業人そのものだった。マスターの所作をすべて目に焼き付け、体内にインストールしていて、それを再生することで、有野はこの数年を乗り切ってきたようなものだ。

ただ、客との個人的な付き合いを完全に禁じられていたわけではないので、有野はいい雰囲気になった女性客を幾度となく自分の部屋に上げるようになった。恋愛にほとんど縁のなかった二十代からは考えられないくらい、みんな有野に夢中になった。

薄暗い店内でカクテルの周辺だけが浮かび上がるように設計されているライティング、BGM用のジャズレコード、ベストにあしらった何種類もの資格認定バッジ、身長をごまかせる高いカウンター、シェーカーを振る時に浮き出る前腕の筋肉と手の血管。エクローグに欠かせない小道具のひとつひとつが自分を最大限に魅力的に見せてくれることを、有野はマスターに師事するずっと前、客だった頃から、気付いていたのかもしれない。なによりも、酒を振る舞う側に回ると、酔って失敗することが絶対にない。カウンター越しにほろ酔いの女性にシラフで接する時、自分は決して恥を掻くことはないだろうという安心感で、余裕たっぷりに振る舞える。コツは極力しゃべらないこと。自分から思い付いたり、何かを差し出そうとしないこと。そうすれば余白が生まれる。あとは相手がいいように解釈し、都合よく動いてくれる。「もうここには来ないね。楽しかった」と寂しげに笑って素早く引き上げていく美女たち。恋というものがこんなに傷つくことと無縁だなんて、学生時代の自分に教えてやりたいと思う。

その夕方、髪と髭を念入りに整え、とっておきのシャツをおろした。スタンド型の間接照明を自宅から三つも店に持ち込んで、顔映りを確認しながら、位置を微調整した。ハービー・ハンコックのレコードに針を落とし、万全の態勢でカウンターの向こう側に設置したパソコンを立ち上げる。

ミーティングルームに入室すると、部屋着姿の男女が気が抜けた顔つきでずらりと並び、缶チューハイや安物のコップで酒を飲む様子が画面いっぱいに広がった。咄嗟にアドレスを間違えたのかと思い、退出ボタンを押そうとしたら、「あ、ぷうちんが来たよ！」と片隅に収まっていたパジャマ姿の大塚が突然、前に出たので、有野が笑った。

「ええと、キリングミーは？」と低い声で用心深く確認すると、彼女は腹を抱えて笑った。

「キリングミー？　なにそれ、ウケる！　聞き間違い！　私たちはきりん組！　同じ保育園のきりん組のママとパパだよ！　まあ、確かに、いっそ殺してくれよというような状況ではあるが！」

みんな、自虐気味にどっと笑った。保育園――。きりん組――。頭が追いつくのにしばらくかかり、こう質問するのがやっとだった。

「ちょっと待って、大塚。お前、子供いたの？」

大学時代、浮いた話を一回も聞いたことがなかったので、彼女の持つ家庭というものがうまくイメージできなかった。

「うん、今、三歳。隣の部屋でぐうぐう寝てるけど。こん中ではそこそこ高齢出産な方かなあ？」

缶ビールのプルトップを引き上げながら、大塚はあっさりした調子で言った。彼女が店に姿を現さなくなった理由がやっとわかった。三歳ということはあの葬儀の時はすでに、妊娠していたのかもしれない。

それにしても、大塚ハーレムはいずこ……。有野は不躾《ぶしつけ》にならないように、きりん組の親を一人一人素早く観察した。パソコンを十五分割した画面に割り振られているのは、寝支度を済ませて今まさに横になろうとしていることが丸わかりな出で立ちの男女。年齢もまちまちで、性別がよくわからない人もいるし、そのうち、一人は明らかに老人だった。

「ちょっとぉー？　あおいちゃんママ、このZoomの趣旨、説明してなかったの？　こんな格好で、超恥ずかしいじゃん！」

タオル地のヘアバンドで額をあらわにした眼鏡の女性が「赤兎馬《せきとば》」をペットボトルの麦茶でどぷどぷ割りながら、なじるように言った。髪を下ろして眼鏡を外し、化粧をしたらわりと目を引く美人かもしれないが、今はその片鱗がかろうじて窺える程度だ。あおいちゃんママと呼ばれた大塚は、「ごめんごめん、ようくんママ」と軽く笑い、首を傾《かし》げている有野に気付いてか、しまった、という顔をした。

「あ、そうだそうだ。あおいちゃんのママは二人いるんだよ。ぷうちんから見たら、紛らわしいかもね。みんなー、今から私のことは大塚さん、でお願いします。えっと、ぷうちん、そこの彼女もあおいちゃんのママでーす」

大塚、という苗字で全員から理解されているところを見ると、どうやらシングルで子供を育てているらしい。

「はーい、私もあおいちゃんママです。薬剤師しています」

大塚の紹介を受け、一人の女性がひょいとグラスを掲げ、赤ワインを軽く回してみせた。実は先ほどから、有野の視線は彼女に吸い寄せられていたのだった。すっぴんで胸元の緩いラフなカットソー姿。首がすらりと長いショートボブの女性だ。有野よりはおそらく年上で、しっとりした色香を漂わせている。見た限り、一番片付いた部屋に住んでいて、それは有野好みの生成りで統一されたラグジュアリーな空間だった。あおいちゃんママを見て、ようやく有野は気を取り直した。確かになんのムードもない集いではあるが、コロナが収束したら、パリッとした出で立ちで、一人で訪れるような客が生まれるかもしれない。営業と割り切ろう。

「マスター、よろしくお願いします。エクローグ、大塚さんに聞いて、前から一度行きたいな、と思っていました」

あおいちゃんママの視線がなんとなく意味ありげなのは気のせいだろうか。彼女の住まいとは正反対の、散らかった玩具と洗濯物で床が見えない部屋の真ん中で、大塚は今度はウイスキーをロックであおりながら、大学時代と変わらない調子でガナッている。

「悪い悪い。ぷうちんは一言えば百分かるタイプだから、ついつい説明するの忘れちゃうんだよねー。ぷうちん、アンタ、昨日のニュースでやってた、保育士さんが一人、コロナに感染して、〇〇区の区立保育園が休園になったっていうの、知ってる？　あれ、実はうちの子が通っている園なんだよ。一応、全員PCR検査を受けて、ここにいるみんな、なんともないことは分かっているけど、三日前から、休園になっちゃってさあ」

有野は首を傾げた。テレビもラジオもほぼ毎日、そんな報道ばかりだから、どれが彼らの子供が通う園なのかさっぱり分からない。

「うちの園、毎年、七月末の夏祭りは気合を入れてるんだ。コロナが広がってからも、ソーシャルディスタンスに気をつけて万全の対策で開催しようってことで、準備は進めてたんだよね。出し物が激減した分、今年は親も子供もそのきょうだいも、お揃いのハッピを発注することにして、私が会計係になったのね。夏祭りは休園の知らせとともに中止になったんだけど、不幸中の幸いでハッピ発注の取り消しがギリギリ間に合ったの。せっかくならそのお金、何かパーッと楽しいことに使おうっていうことに、満場一致で決まってさ。寝かしつけの後くらい楽しく過ごすために、きりん組のオンラインバーを立ち上げて、ぷうちんに出張バーテンダーをお願いしたってわけだよ」

自分のギャラはガキンチョのハッピ代なのかと思うと、有野は複雑な気持ちになってきた。

「みんな共働きだから、この通りボッロボロ。リモートワーク勢は育児しながら仕事するんでもうめちゃくちゃだけど、勤め先に通わなきゃいけない人たちは、子供の面倒を見てくれる人を探すので、それはそれで大変でさ」

自宅で働けるのは全体の半分ほどで、それ以外は接客業がほとんどだという。アパレルの店舗勤務だという、あんなちゃんママが白ワインを手酌しながら、さっそくぼやき始めた。

「うち、夫も美容院を休めないし、完全防備状態で母に毎日来てもらってる。そんなにまでして、フェイスシールド装備で店頭に居ても今ガラガラで、立ったまま気絶しそうになるくらい暇だけどね」

彼女もおそらく、スウェット姿で前髪をちょんまげ結びしていなければ雰囲気のある女性かもしれない。背後に広がる狭いリビングは大塚家といい勝負の散らかり放題だった。

「うちは訪問介護だから、むしろ忙しさは過去マックスかな。夫の仕事がリモートだから育児と家事は全投げしてるけど、そろそろ向こうが破綻しそう。上の子は小学生で、夏休みが短縮されたから機嫌悪くて、ようすけと毎日喧嘩しているし」

そうぼやいて赤兎馬の麦茶ハイを飲み干したのは、さっき大塚をなじっていた眼鏡の、ようくんママだ。

「あんなちゃんママと同じでうちの娘も接客業です。娘が離婚してから、家事育児はもともとすべて僕が担当してるんですが、こう連日猛暑で、外でもなかなか遊べないとなると、元気爆発の三歳児と一緒にいるのは、なかなか辛いものがありますね……」

穏やかに口を開いたのは、一人だけ七十代に見えるしょうやくんじいじである。一番疲弊した顔をしているのはまぎれもなく彼だった。タオルをはちまきのように額に巻いていて、どうやら娘のものらしいファンシーな大きめのTシャツはまったく似合っていないが、品のいい白髪の紳士だ。ウォッカの水割りを傾ける姿もなかなか様になっている。

「うちもバツイチシングルでーす。自宅をリノベして鍼灸《しんきゅう》治療院やってるけど、いやあ、もうまったく患者さんが来なくてさあ。ふうたは隣の部屋でネトフリ見せっぱなしにして、その様子を監視カメラで見張りながらとりあえず営業している状態だけど、あの子を治療室でかくれんぼさせててもぜんぜん困らないかもなあ」

そうつぶやいて紹興酒をショットグラスで呷《あお》ったのは、おだんご頭に首も手首もウォーマーで守っているふうたくんママだ。今パソコンを開いている場所も、どうやら治療室らしい。三台並んだ簡易ベッドは、それぞれビニールシートで区切られている。

「僕もシングルです。輸入物専門のスーパーでレジ打ちしてます。正社員じゃないから休めないし、両親も近くにいないので、亡くなった妻の姉に預けたりしているんですが向こうも大変で。シッター代が出せるほど余裕もないし、このままだと、今の仕事をすぐに辞めて、次の仕事を探さないといけないかもしれない……」

肩を落としてストロング系チューハイに分厚い唇をつけたのは、この中では一番若いであろう、熊のぬいぐるみのようなフカフカした印象のねねちゃんパパだ。大塚がすかさず声を張った。

「ねねちゃん、預かれる余裕ある人、いるー？　無理はなしで。私、あさってだけなら十一時から半日イケる！　お昼、具なしの流しそうめんしか出せないけど、いい？」

するとと、私、来週の水曜だけなら、締め切り後だしマルイチ預かれますよ、と、韓国人でイラストレーターをしているという、くせ毛が目立つボブヘアのソナちゃんママが、チャミスルを瓶ごと掲げてみせた。

「お昼とおやつ持参してもらって、アンパンマン見せっぱ完全放置でよければ、わりといつでもイケる！」

勤め先のネイルサロンが休業中だという、茶色のロングヘアを無造作にまとめたりなちゃんママが芋焼酎を子供用のコップに注ぎながら叫び、それ以外にもあちこちから声が上がった。ねねちゃんパパは泣きそうな顔でぺこぺこ頭を下げ、何度もお礼の言葉を口にした。

複雑な事情を抱えた家庭が多い園らしいが、誰も彼もがあまり互いの立場というものに気を遣わず、自分がいかに辛いか、酒を片手に愚痴り合い、情報交換する集まりらしい。見た目から判断すると五十歳に近いのかもしれないまどかちゃんママは着古したジャージ姿で高そうなグラスでシャンパンを飲みながら、夫が医療関係者でホテル住まいのため現在ワンオペ育児、子供の面倒を見ながらの会計士のリモートワークが相当キツい、と愚痴ったかと思えば、きょうすけくんパパは心配になるほど日本酒の杯を重ねながら、システムエンジニアの夫婦が揃って在宅勤務ではあるものの、コロナ禍での出産を目前にナーバスになっている妻に、毎日のようにあたりちらされている上、育児に家事にいっぱいいっぱいでもう限界だと真っ赤な顔で訴えた。誰かが何か言うたびに「分かる～」「めっちゃ同じ」「がんばれ！」「偉すぎる」などと他の連中が叫ぶので、騒々しいといったらない。そうしている間にも、夫はアフリカ系アメリカ人で大学講師、自分もオンラインで英会話教師をしているという、ボリュームたっぷりの髪をヘアバンドでまとめたジョシュくんママが「ごめん、ジョシュが起きたっぽい。一瞬、抜けるね」とテキーラの瓶をひっつかんで画面から消えたのと入れ替わりで「寝かしつけ完了っす！　今までで最速の二十二時ネンネに成功‼」と妻より一回りは若いあんなちゃんパパがガッツポーズであんなちゃんママの隣に現れ、「遅寝バラさなくていいから」とデコピンを食らったり、きりん組の親たちは絶え間なく動き、しゃべり続けている。有野はカウンターに棒立ちで、一向に割って入るタイミングの見つからない激流を、黙って眺めている他なかった。

　もともとエクローグの静けさに惹かれた有野にとって、こうしたガヤガヤした飲み会はなにより苦手で、会社員を辞めたかった理由の一つでもある。ああ、頼むから、少しでいいから静かにしてほしい。まるでミツバチが耳元でぶんぶんうなっているみたいだ。その時、有野は閃《ひらめ》いた。身体が勝手に動いて、床置き式の冷凍冷蔵庫から生クリームを、製氷機から作りたての氷を取り出す。シェーカーのボディにたっぷりの氷と水を加え、軽くステアして水を切る。ラベルが汚れないように、さらに客から銘柄が見えるように、瓶の下部分をつかんでブランデーをメジャーカップに注ぎ、生クリーム、そして蜂蜜を加えると、ストレーナーとトップをはめた。シェーカーを包み込むように軽く持ち、左肩のやや下、カウンターから水平に構える。生クリームは溶けにくいので、スナップを効かせ、通常よりずっと早い速度で小刻みに上下に振った。シェーカーに触れるのは数日ぶりで、喉のあたりを撫でる微風が心地よく、それが身体の内側まで吹き抜けていくような気がした。指先が冷たくなり、シェーカー全体をうっすらと霜が覆い始めるうちに、パソコン画面の一人、また一人、と口をつぐんでいく。有野のシェーカーさばきに誰もが見入っていることは、確認せずとも、手の甲のあたりから伝わってきた。

「こちら、ズームです」

そう言って、最後の一滴までとろりとした白色の液体を注ぎ終えると、シェーカーでふわりと円を描いて、着地させた。グラスのプレート部分に指を添え、パソコンの前にすっと差し出した。

「え、そんな名前のカクテルがあるの？　ぷうちんが今、急に思い付いたオリジナルじゃなくて？」

大塚は目をぱちくりさせている。

「はい、昔からある有名なカクテルです。ミツバチのぶんぶんうなる音をイメージしています。今夜の集まりにぴったりかと……」

一瞬、しんと静まった。すべったかな、と危惧したその瞬間、

「さすが‼　天下のエクローグ‼　ウィットォー‼」

ジョシュくんママが豊かな髪を、アンティークらしき卓袱台《ちゃぶだい》にうちつけ、ヘッドバンギングで喜びを表している。

「これ、これ‼　こういう大人の会話に飢えていたのよねえ〜」

まどかちゃんママはなんと涙ぐんでいるみたいだ。ようくんママも感じ入ったようにこう言った。

「すごい手さばき。手品みたい。これ見られるだけでも、十分モト取った気分」

「ブランデーと生クリームと蜂蜜なんて、美味しそうだね。それなら今、全部、うちにある。真似できるかな」

つぶらな瞳を輝かせたのは、きゃしゃな体つきが子供のような印象のまなちゃんママだ。夫と二人で商店街でパティスリーを経営しているが客がまったく来ないのだという。オンラインショップを始めてみたものの、この猛暑にバターたっぷりの焼き菓子は、これまたさっぱり売れないらしい。

「シェーカーないんですけど、普通に混ぜるんでも大丈夫なのかな？」

なんだかお料理教室みたいだな、と思いつつも、有野は丁寧な口調で答えた。

「シェーカーには、材料を混ぜる、空気を含ませる、冷やすという三つの機能があります。混ぜるのと空気を含ませるのは家庭の泡立て器なんかでも可能です。あとは、作りながら急速に冷やすことさえできれば、同じ口当たりのものができるかと」

まなちゃんママは大真面目にメモを取っている。彼女は立ち上がると、背後のキッチンでしばらく作業した後で、氷水につけた生クリーム入りのボウルとハンドブレンダーを抱えて、パソコン前に戻ってきた。

「このハンドブレンダー、まなの離乳食が終わってから、ずっと使ってないんだけど……ええと、こんな感じかな？」

ハンドブレンダーがひゅうんと静かに回転するとあっという間に液体はとろみを持ち、まなちゃんママはボウルから小さなグラスに慎重に注ぎ、ゆっくりと唇をつけた。

「うわあ、蜂蜜のひやっとした甘みに癒されるー。うん、美味しいー。こういうミルキーな甘いカクテルいいなあ」

うっとりして目を閉じる彼女を見て、羨《うらや》ましがる声があちこちで漏れた。あんなちゃんママがあんなちゃんパパに向かって「あれと同じの明日作ってよ」と命令している。

「懐かしいなあ、甘いカクテル。独身の頃はよく仕事帰りに銀座でそういうのを飲んだかも」

懐かしむ調子で缶入りレモンサワーを飲むのが、日本橋の百貨店で美容部員をしているというけんとくんママだ。けんとくん以外に一歳の女の子も育てている彼女は、食べ物のシミで汚れたスウェットにボサボサ髪で、眉毛がまったくない。職場での姿がまったく想像できないが、引き締まった小さな顔で、ちょっとした所作がどことなく優雅だ。

「そうそう、あの辺の老舗バーは、個性的な店が多いですよね。作家さんが文学賞の待ち会なんかをよくやりましてねえ」

「あ、じいじは元文芸編集者ですもんね。昭和の文豪の、酒で大失敗エピソードとか知ってそう。聞かせてほしい！」

ようくんママが身を乗り出すとしょうやくんじいじははにかんだ顔をした。有野がよくよく画面を覗き込むと、しょうやくんじいじの背後には大きな本棚があり、単行本と文庫が隙間なく詰め込まれていた。

「甘いカクテルってなんかいいよね。いかにも夜の自由な時間って感じでさ……」

「いいちこ」をストレートでちびりちびりと飲んでいた、ジム・トレーナーをしているという「みのりさんの親」が大きな背中を丸めて低い声でつぶやくと、親たちは同意のため息をついた。みのりさんの親はこの中で誰よりも筋肉質で、首が太くがっしりした顎《あご》をしているが、長い睫毛《まつげ》や後ろで一つにまとめた髪は水気をふくんでいて柔らかそうだ。「親」と自ら名乗っているせいで、男性なのか女性なのか有野には判断がつかない。でも、そんなことは、このきりん組ではどうでもいいことなのかもしれない。育児の苦労さえ共有できればそれでもう仲間なのだ。

「そんじゃあ、ぷうちん、私にぴったりなカクテルお願いします!」

大塚が元気よく手を挙げたので、有野は茶目っ気を発揮して、ブランデーとカルーアを軽くステアした「ダーティ・マザー」を差し出した。カクテルの名を告げるなり、大塚が目を輝かせ「ってオイ! 確かに今ボロボロではあるが!」と大げさな仕草で突っ込み、一同大爆笑した。私も、私も、と次々にみんな手を挙げるので、約束の時間まで有野はシェーカーを振り続けた。普段はあまり使わないエスプーママシーンを使って、ふんわりしたムース状のヨーグルトベースのカクテルを作ったら拍手が起きた。

ミーティングルームを退出した後で、ふと気になって会社名と「大塚江理子」で検索してみると、彼女はウイスキー部門の営業課長になっていた。たった一人で育児をこなしながら昇進し、ああして健気《けなげ》に振る舞っている彼女を思うと、有野はいつにない慈しみの気持ちが湧いてくるのだった。

一日まるまる使って、マスターが書き残したレシピに忠実に、上等な牛スネ肉を自ら叩いて作ったひき肉、セロリに人参、たまねぎ、トマト、卵白で、有野はビーフコンソメを作った。漉《こ》したものをよく冷やし、表面に浮いた白い脂を取り去った。澄んだスープとウォッカを氷水でゆっくり冷やして作る黄金色の「ブル・ショット」は見た目の美しさもさることながら、夏バテ気味の親たちの食欲をいたく刺激したようで、二夜目の「bar きりん組」も大盛り上がりだった。

「そのカクテル、文学賞のパーティーの夜、ホテルオークラのオーキッドバーでいただいたことがありますよ。実に贅沢《ぜいたく》な味わいだったのを覚えています」

しょうやくんじいじが懐かしそうに語ると、へえ、行ってみたいなあ、と食に関しては研究熱心なまなちゃんママが言った。まなちゃんママは前回有野に教わった「ズーム」に影響され、アクリル素材のカクテルグラスに色とりどりの洋酒ゼリーを冷やし固め「新商品・大人のジュレ」としてインスタグラムにアップしたところ、来店する人数が久しぶりに増えた、と嬉しそうに報告したところだ。ふうたくんママが感心したように「ふうん。私もオンラインでツボ押し講座とか新しいことやってみようかなあ」とつぶやいている。

「ご家庭でしたら、時間をかけてコンソメを取る必要はないですよ。キューブのビーフコンソメを野菜くずと一緒に煮立てたり、缶詰のコンソメを使うんでも十分です。冷やしてウォッカと合わせるだけで、滋養があるカクテルになります」

パソコンの画面越しではカクテルを味わってもらうことはできないのだから、いっそ自分が飲みたいものにしよう、と閃いたのだ。マスターの一挙一動を思い出しながら時間をかけて納得がいく一杯を作り出したという充実感が、有野をいつになく饒《じょう》舌《ぜつ》にしている。

「セロリをマドラー代わりにすることもあります。チーズやアンチョビを載せたトーストにとてもよく合うんです」

「なんか大人の夜食っていう感じですね。明日、ビーフコンソメを買ってみよう。スープなら、ねねも飲めるし。それにしても、マスターはダンディですよね。僕なんかこんなだし。部屋もめちゃくちゃだし……」

ねねちゃんパパが着古したTシャツを見下ろし、ぬいぐるみだらけの室内を振り返って力なく笑う。有野は言おうか言うまいか、少し迷った。学生といっても通りそうな若い彼を見ていると、世話を焼きたくて仕方がなくなる。自信のなさそうな様子がかつての自分を思い出させるのかもしれない。ひとまず、ストロング系チューハイを飲む習慣を今すぐやめさせたい。彼と二人きりになれたら、見せ方一つでいくらでも印象なんて変えられるんですよ、と十年かけて身につけたモテのハウツーをたたき込みたいところだ。

「みなさんはご自宅でおくつろぎ中なのですから、服装やインテリアにこだわる必要はないんじゃないでしょうか。差し出がましいようですが、間接照明を使うだけで、ずいぶんよそゆきの印象になりますよ。バーの雰囲気というものは、もともとライティングやカウンターの高さによる、視覚トリックによるところが非常に大きいんですよ」

けんとくんママが職業柄か、目を輝かせ身を乗り出した。

「私、化粧の仕事だし、Zoom会議用に、毛穴ゼロになる女優仕様のリングライトを買ったんですけど……」

丸い輪がついた卓上ライトを彼女はぐい、と引き寄せた。たちまち顔全体が真っ白に光り、目と鼻の穴だけが飛び出したようになる。「よっ、美の伝道師‼」と大塚がすかさず陽気な声を掛けたが、有野にしてみたら、皺《しわ》もたるみもそのままに、襟《えり》ぐりの深い砂色のネグリジェで静かに赤ワインを飲んでいるあおいちゃんママの方がよほどセクシーに見える。いつもにこやかだけれど、あまり会話に参加しないところも魅力的だ。

「そうですね。お仕事中は良いと思いますが。夜くつろぐ時には、そんなに顔全体を照らさなくてもいいんじゃないでしょうか。部屋の明かりを少し落としてみてください。もし、照明器具があるのでしたら、パソコンの前にではなく、パソコンの後ろ、反対の向きにして配置していただけますか。蛍光灯の光が直接顔に当たるのは避けてくださいい。そして、もう一台、スマホのライトでも懐中電灯でもキャンドルでもなんでもいいですから、自分から向かって右、できたら斜め上の位置にも置いていただければ、だいぶ印象が変わります。パソコンの高さも重要ですね。例えば本を重ねるなどして、少し位置を上げてみてください。パソコンのカメラをご自分の目の高さに揃える、と意識してみるだけで……」

親たちの間で小さなどよめきが起きている。自己プロデュースと努力だけでここまで来た有野なだけに、ついつい講釈に熱がこもった。けんとくんママは「なるほど。夜飲みのZoomメイクは、間接照明ありきのセンシャルなテイスト、か。セールストークの参考になるかな」と、唇をなめている。親たちは、パソコンの前で卓上ライトを点けたり消したりした。しばらくすると、それぞれが間接照明の使い方をマスターしたようだ。

散らかった部屋は薄闇に紛れ、それぞれの顔や首まわりだけが、ふんわりとした光で優しく浮かび上がる。そうなると、すっぴんもボサボサ髪もくたびれたスウェットもけんとくんママの言うところの「センシャル」な雰囲気を醸し出し、画面はムーディーな大人の集まりに様変わりし、むしろ、有野の方が嬉しくなってしまう。

「いつか、マスターのお店でカクテル、飲んでみたいな。もうずっと、外でカクテルなんて飲んでない……」

りりなちゃんママが缶チューハイをすすりながら、そこだけは華やかに彩られた爪先をじっと見つめているのがなんだか哀れだった。有野は知らず知らず、なんとかしたい、と前のめりな姿勢を取っていた。

「ご自宅でもカクテルは作れますよ。この間お話しした通り、シェーカーは必ずしも必要ではないし、ステアやビルドで作る方法もあります。カクテルはアルコールにサムシングをプラスするという概念なので、もっと自由に考えてください。失礼ですが、今、冷蔵庫の中に何がありますか。調味料とか飲み物とか、なんでもいいです」

「えー、大したものないですよ。恥ずかしい。ええと、実家から定期的に送られてくる芋焼酎でしょ。しょうゆでしょ。めんつゆ。ケチャップ。あとは、ピザソース……？」

りりなちゃんママがモジモジしているうちに、有野は閃いた。

「焼酎とピザソースを割ってみてください。ピザソースに含まれるスパイスと塩気がいいアクセントになりますよ。いわば和風ブラッディ・メアリーです」

半信半疑といった顔つきのりりなちゃんママだったが、言われるままにすぐ材料をパソコンの前に並べてみせた。いつもの子供用コップに注いだ焼酎と氷に、ピザソースをまわしかけて割り箸でステアした、赤いカクテルを一口飲むと、目を見張った。

「嘘みたい！　お店で飲む本格的なカクテルみたい。うん、スパイシーでコクがある。本当にブラッディ・メアリーに近いかも。うちにあるものでカクテルって作れるんだ‼」

美味しそう！　と大塚が柿の種を嚙みながら感嘆してみせると、誰もが興味津々といった顔つきになった。

「あの、マスター。毎年、子供のためのかき氷シロップがどうしても使い切れないんだけど……。これもカクテルになりますかね」

みのりさんの親が日焼けした頰を少しだけ赤らめておずおずと問うと「わかる」「超わかる」「かき氷シロップを結局一年後に捨てる率の高さ」と大合唱が起きた。

「この前、『いいちこ』をお飲みでしたよね。『いいちこ』は甘いフルーツ味とも相性がいいんですよ。かき氷シロップを加えて、炭酸水やグレープフルーツジュースなんかで割れば、可愛い色の口当たりの良いカクテルになります」

有野がそう告げるとみのりさんの親が良さそうですね、とつぶやき、初めてくしゃくしゃの笑顔を見せた。

「みのりさんの親さんと我が家も同じですよ。確かに、冷蔵庫を開けても、お恥ずかしいですが、しょうやのためのものばかりなんですよね。ヤクルトとかカルピスとかアイスとか……」

しょうやくんじいじが困ったように微笑むので、こんなロマンスグレーにそれは似合わない、と有野は忙しく頭を働かせた。

「ヤクルトは白ワインで割るとチチのような味わいのカクテルになりますよ。カルピスはビールとステアしても苦味と甘酸っぱさが絶妙にマッチするんです。そうそう『ガリガリ君』があれば赤ワインに溶かしてみてください。ストレートな味なら深みのある大人のフローズンカクテルになりますよ」

「ええ⁉」と意外そうな声があちこちから上がったが、あおいちゃんママだけはゆったりした声でワイングラスを揺らしながら、

「私もやったことある。ガリガリ君と赤ワイン、美味しいですよね。私はコーラ味が好き」

と言った。しょうやくんじいじは目を輝かせ画面からいなくなった。

「ねえ、私、さっそくこんなの作ってみました！」

しばらく姿を消していたまどかちゃんママが、得意そうに差し出した、「アイスの実」をたっぷり入れた彩りの良いシャンパンに「めっちゃ映《ば》える」と、賞賛の声が止まらなくなった。それをきっかけに親たちは競い合うように冷蔵庫とパソコンを往復するようになった。「映えなら負けないよ！」とジョシュくんママが得意そうに、テ

キーラのソーダ割りに果汁グミを浮かべたカラフルなカクテルを披露すれば、ソナちゃんママは庭で育てているというミントをたっぷり入れた、ライムジュースと韓国焼酎のモヒートをステアしてみせた。ふうたくんママは薬用養命酒を豆乳で割ったカルーアミルク風に子供のおやつ用の棒チョコをマドラー代わりにするというセンスを発揮した。前々から日本酒の飲みすぎをみんなに心配されていたきょうすけくんパパに、赤兎馬のレッドブル割りに夢中になっているようくんママが「ねー、スプリッツァーみたいに、日本酒をソーダで割ってみるのどう?」と提案すると、透明なカクテルがたちまち完成した。しゅわしゅわとした泡を普段よりずっとゆっくりしたペースでなめるきょうすけくんパパに、有野は心底ほっとした。

「妻にまた当たられちゃって。ママ友やパパ友とZoom飲み会なんて、ズルいって。こっちはもどり悪阻《つわり》で気持ち悪いし、お酒飲めないし、すぐ眠くなるから夜、起きられないのに、って」

相変わらず疲れた表情を浮かべるきょうすけくんパパに、有野は間髪を容れず提案した。

「だったら、妊婦さんにもぴったりなモクテルを作って差し上げたら、いかがでしょうか。冷蔵庫に何がありますか」

「うーん、野菜室にスイカの残りくらいしか。今、あの人、果物くらいしか食べられないからさ」

「じゃあ、スイカを刻んで布巾に包み、力いっぱい絞ってみてください。ミキサーではなく手絞りがポイントです。喉ごしの良い真っ赤なジュースがとれますよ。氷を入れて、ソルティドッグ風に塩をグラスの縁に飾れば、見た目も完璧です。塩のつけ方を教えますね。ソルトリムという手法です」

有野はカクテルグラスの切り口にレモン汁をまぶし、粗塩を広げた皿に押し当ててみせた。「へえ、こんな風にやるのかあ」とねねちゃんパパが感激したようにつぶやき、キラキラ輝くグラスの縁に見とれている。

「塩だけで、こんなに特別感が出るのか。やってみます。これなら、妻の機嫌も良くなるな、うん」

そう言って胸をなでおろすきょうすけくんパパを見ていたら、有野はなんとも複雑な気持ちになって、ソルトリム済みのグラスに、ウォッカとグレープフルーツジュースを加え、軽くステアした。

バーテンになってから有野は数多くの恋愛をしてきたと思っていた。普通の男よりずっと豊かな人生経験を持っていると自負していた。しかし、きょうすけくんパパやあんなちゃんパパが妻の顔色を窺い、あたふたと立ち働く様を見ていると、自分が一度として女にヒステリーや不安をぶつけられたり、ああしろこうしろと命令されていないことに驚くのである。恋した女たちのまどかちゃんママのようなジャージ姿もけんとくんママのような眉なし顔もこれまで見たことがない。どれも短期間で終わる大人の付き合いだった。あれは本当に恋愛と呼べたのだろうか。単に向こうに都合よく遊ばれていただけではないだろうか。

落ち着かなくなってきて、ふと目を上げると、あおいちゃんママがいつものように無言でしっとりと有野を見つめていた。その目は何もかもお見通しよ、という色を浮かべていた。

三夜目の「bar きりん組」には、グラスに大粒の塩が光るスイカモクテルを手にきょうすけくんママが現れ、大きなお腹をさすりながら、満足そうに夫にもたれかかっていた。

カクテルを披露し合うようになったせいか、四夜目ともなると、手作りのおつまみを用意する親が増えた。ねねちゃんパパがブル・ショットにセロリを刺し、アンチョビトーストと一緒にパソコン画面に現れた時「フウ〜‼ 探偵みたいな夜食‼ ハードボイルドォー‼ かっけえ〜‼」と大塚がはやし立て、彼をはにかませた。みのりさんの親は巨大なフライパンを手にやってきた。そこにはチャパグリという牛肉入りのこってりした茶色のインスタント麵が盛ってあった。淡々と麵を口に運びながら、時折辛さをなだめるために「いいちこ」コーラ割りをごくごくと飲み干すみのりさんの親をみんなは羨ましそうに眺めた。

「じゃじゃーん、今日は、私もおつまみを作ってきたんだー」

一瞬消えていた大塚が画面に現れ、おもむろに大皿を差し出した。茶色いソースととろけたチーズがたっぷりかかった、ほかほかと湯気を立てるフライドポテトだった。うわ、美味しそう‼ ウーバーしてくれ！ 飯テロ‼ とあちこちから叫び声が上がる。

「はい、これがぷうちんと私の友情の始まり、『プーティン』でーす！」

得意そうな大塚に、有野は首を傾げた。

「プーティン？　このフライドポテトが⁉」

大塚は、かりっと揚がったポテトを一つつまむと、すかさずウイスキーの水割りで流し込んでみせる。

「そうだよ。カナダの代表的な料理『プーティン』。フライドポテトにグレイビーソースとチーズカードをかけたもの。二日酔いに効くって言われてるんだよね」

「へえ、二日酔い対策というと、あっさりしたおかゆとかスープっていう印象だけど」

まなちゃんママはいつもながら食の話となると熱心だ。ソナちゃんママも加わった。

「韓国でも二日酔いの朝はヌルンジという名前のおこげのスープが有名です」

「ね、アジア圏から見たら変わってるよね。でも、脂っこいもので胸のむかつきを押さえつけるのが、カナダの考え方なんだって」

あの朝の記憶が少しだけ蘇った。十八歳の大塚が、寝ている有野を起こしに来て、人懐っこい笑顔でいきなりあだ名で呼びつける……。

「俺のあだ名ってプーチン大統領が由来なんじゃないんだ……」

もしかして――。自分は大きな勘違いをしていたのではないだろうか。大塚はきょとんとした後で、すぐに手を叩いて笑い出した。

「そうだよ。プーティンだよ、プーティン‼ プーチンなわけないじゃん。そんなの悪口だよ。ほら、思い出してよー。あんた、最初のゼミ飲みでめちゃくちゃ酔っ払ってさあ。お腹減った、とか、しょっぱいもん喰いてえ、とか騒ぐから、みんなでスーパーに買い出しに行って、私の家で雑魚寝したんじゃん。あんた、プーティンが気に入って、誰よりもたくさん食べてたね」

ひとしきりしゃべった後で、大塚はふいに、しみじみとした口調になった。

「あの朝からさ、ゼミのみんなとすっかり仲良くなったんだ。私、カナダでの暮らしが長くて、日本の大学になじめるか不安だったけど、プーティンのおかげで、一瞬で打ち解けられたんだよね。だから、プーティンは私の恩人なんだ」

そう言って睫毛を伏せると、彼女のすべてが、あの日から何一つ変わっていないことに驚かされる。

「昔っからムードメーカーで、いろんなことに気が付く、ほんといい奴でさ。気難しくて有名な『エクローグ』のオーナーが、プーティンだけは息子みたいに可愛がって店を譲ったって噂を聞いた時、ああ、納得って思ったんだよね、私」

不意を突かれて、有野は言葉を失う。りりなちゃんママは和風ブラッディ・メアリーを飲みながら頷《うなず》いた。

「あー、わかる。マスターって、いい意味で世話好きなおばちゃん感あるもんね」

それ、めっちゃわかるー、と誰もが頷き合っている。ぜんぜん嬉しくない評価だったが、有野はコロナ感染が広がるずっと前、いや、店を譲られるさらにその前から続いていた緊張感が、するするほどけていくのを感じていた。

「コロナが収束したら、マスターの店、みんなで行きたいですねぇ」

しょうやくんじいじがガリガリ君ソーダ味と赤ワインを入れた哺乳瓶を小刻みにシェイクさせながら微笑んだ。自分よりよほどベテランのバーテンダーに見える。きようすけくんパパもソーセージに粒マスタードをつけながら、照れくさそうに言った。

「そうですよね、『エクローグ』さんのバーテンさんって聞いた時は、きっとイケてる人が現れて僕、きっと気後れしちゃうんだろうな、なんて思っていたけど、マスターのお店ならきっとあったかくて、和気藹々とした雰囲気なんだろうなあ」

「ねー、その日が待ち遠しい。コロナ、まじで早く終わってくれ！　行きたいところ、いっぱいあるんだよ！」

ようくんママが腹の底から叫び、めいめいが収束後の計画を好き勝手にしゃべり始めた。

有野はウイスキーグラスの氷が溶けていくのを見つめた。そんなの買いかぶりだ――。その証拠に先代の常連だった老人の一人客たちは、有野が店を任されるようになって、ぱったりと顔を見せなくなった。メディアに取りあげられたせいで、いちげんの華やかなカップル客は急増した。でも、リピーターは少なかった。有野の、客を選り好みして見てくればかりを気にかける性質が、きっとカウンターの向こうにも伝わったのだ。見守り人や牧師なんてほど遠い――。有野はこめかみをギュッと押すと、無理に明るく言った。

「ぜひ、いらしてください。きりん組のみなさんは割引させていただきます」

やったあ！　と、それぞれが歓声を上げ、乾杯するようにグラスをパソコンの画面に突き出した。有野は小さく咳払いした。

「ええと、それだけじゃなくて。今度、ぜひ、大塚さ……、大塚の家に、バーテンダーというより、ヘルパーとして出張させてもらいたいんだけど」

真正面から彼女だけを見つめて正々堂々とそう言った。こんな風に逃げ道を用意せずに、誰かに思いを伝えるのは初めての経験だった。恋愛ではない。ただ、たった一人でこなす育児を友達として助けられないか、と自然に思えたのだ。そうやって二人でサポートし合って生きて行く先に、これまで見たことがない景色が広がっているのではないか。大塚は想像以上に喜び、ダブルピースで飛び跳ねた。

「うわ、めっちゃ助かるよ！　でも、なんか悪いよ。気持ちはありがたいけど、シングルさんを優先してあげてほしいな。まずは、ねねちゃんパパんちに行ってあげてくれないかな」

「うわっ、それマジで感謝です‼　ありがとうございます。マスターが来てくれたらすっげえ嬉しい‼」

「えー、私だってシングルだよ⁉　ずるくない⁉　じゃあ、うちにも来てよ、マスター！」

小躍りするねねちゃんパパにふうたくんママが恐ろしい剣幕で向かっていったが、有野はそれどころではない。後ろから力いっぱい蹴飛ばされたような衝撃に耐えかねて、とっさに手元のウイスキーをがぶ飲みした。

「大塚って結婚してたの？」

「籍はこの通り、入ってないよ？　だって、入れたくても入れられないじゃん。まあ、パートナーはいても戸籍上はシングル扱いだから、こんな激戦区でも区立保育園に入れたわけではあるが」

「え、パートナー？　だ、誰と？」

有野は気取るのも忘れ、プーティンを食べ続ける大塚をすがるように見つめた。

「誰って、プーティンがさっきからずっと向かい合ってるその人だよ。やめてよ、今さら、照れるじゃん」

大塚がくすぐったそうに身を捩《よじ》ると、子供が置き忘れたらしいカエル人形に手があたって「ケロッパ‼」と叫び出した。

「最初にちゃんと説明したじゃん。私も彼女も『あおいちゃんママ』だって。じゃ、改めて紹介しまーす‼　はーい、美咲《みさき》ちゃんでーす」

あおいちゃんママがいつものように完璧なインテリアに囲まれて、こちらに向かって優雅に手を振った。

「はーい、江理ちゃんのパートナーの美咲でえす」

「でも……。部屋が、ぜんぜん違う……」

嘲《あざけ》るように「ケロケロッパ‼」と喚《わめ》き続けるカエルをようやく黙らせた大塚は、あっけらかんとした調子でこう言った。

「あ、言わなかった？　どっちも、同じ家だよ。中古だけど、ここ一戸建てなの。美咲ちゃんは大病院の目の前の薬局に勤めてて、感染リスクは高いけど今絶対に休めないから、万一のために一階と二階で生活を分けてるの。あ、ちょっと見ててよ」

そう言うなり、大塚は画面から消えた。しばらくすると、なんと美咲のハイセンスな空間に、マスク姿の薄汚い大塚が、小さな皿に取り分けたプーティンを手に、ズカズカとガニ股で現れたのだ。二人はいかにも仲睦まじく視線を絡ませ合った。

美咲は皿を受け取るとこちらに「ほら」という風に差し出してみせ、挑発的な色をちらっと浮かべた。


今夜は最終日にふさわしいビッグゲストが来るよ、とその日の夕方、大塚からＬＩＮＥの連絡が届いていた。だから、肩までの髪を一つ結びにした若い女性がおずおずと画面に現れた時、有野は彼女が誰なのかすぐに分かった。

――個人情報を保護するため、どの保育士さんが感染したか公表されないんだけど、でも、あずみ先生は自分で名乗り出ちゃってさ。クソ真面目で心配性にもほどがあるよ。『きりん組の子供たちの様子はどうですか。体調に変化はないですか』『おうち育児、みなさん大丈夫ですか？』ってわざわざ、私らに連絡を取ってきたんだよ。そんなの気にするな、今は身体を治すことを優先しろって、電話口でいくら叱ってもずっと自分を責めててさあ……。

「みなさん、大変ご迷惑をおかけしました。保健所の指示に従って宿泊施設で療養してました。検査で陰性と判断され、自宅に戻りました。お騒がせして、本当に本当に申し訳ありませんでした」

そう言って、彼女は青ざめた顔で深々と頭を下げた。大塚が「良かったですね！お疲れ様！　無事で良かった」と叫ぶと、あちこちから、おめでとう！　またよろしくお願いします、大変でしたねえ、の声が飛んだ。

有野はやっと理解した。このバーは親のためだけのものではない。今夜、あずみ先生を迎え入れるために、誰も無理することなく犠牲を払うこともなく集まれる空間を、大塚は入念に逆算して準備していたんだ。あずみ先生は目を赤くし、かすれた声でこう言った。

「みなさん、本当にごめんなさい。私のせいで、お仕事や育児が……。きっと大変でしたよね」

「え、そうでもないよね？　私たち、この『bar きりん組』で、けっこう楽しく過ごしていたんだよ」

けろりとした顔つきでようくんママが言うと、みんな、そうだ、そうだ、と同意した。ジョシュくんママが朗らかな調子で、引き継いだ。

「そうそう。みんな、カクテルも作れるようになったし、いつもより子供と多く過ごせたし、去年の七月より、充実していたかもしれない」

「出産前に妻とじっくり家で過ごせて、少なくとも僕にとってはいい時間だったかも」

きょうすけくんパパが報告すると、ねねちゃんパパもにっこりして、それに続いた。

「僕も、きりん組のみなさんのサポートのおかげで仕事も辞めずに済みましたし」

親たちが一通り、あずみ先生に言葉を掛け終えると、大塚が突然かしこまった調子でこう言った。

「むしろお詫びを言いたいのはこっち。あずみ先生に私たちがどんなに助けられているか、三歳児と向き合うのがどんなに大変か、保育園の休園で実感しました。本当に感謝しかないです。悪いのは、個人に責任を全部押し付けて、経済政策を優先しているこの国じゃないですか？　非常時に皺寄せを受けるのはいつだって病人や子供、お年寄りのケアを担う最前線に立つ、あずみ先生みたいなプロたちです。こんなやり方、子供たちの代に引き継がせるわけにはいきません。私たちがそれぞれの立場から声をあげて変えていかなきゃいけないと思ってます」

それぞれの画面で、親たちが真剣な調子で賛同を示した。そうだった。大塚はこんな風にいつだって弱い立場にいる誰かの味方だった。そして、誰かのために戦える人間でもあった。あずみ先生が顔を赤くして、ティッシュケースを抱え込んでいる。大塚はがらりと調子を変え、こう叫んだ。

「よーし、先生の快気祝いで、今夜はとことん飲むぞー！」

「それぞれ、カクテルを作れるようになったんです。あずみ先生も体調がよければ、ぜひ、ご一緒に。アルコールが苦手ならモクテルでも。マスターが何かアイデアをくれますよ」

みのりさんの親が弾んだ調子で言うと、あずみ先生は目を伏せた。

「ごめんなさい。お酒は大大大好きなんですけど、ずっと宿泊施設に居たので、家に買い置きもないし。カクテルにできるようなものはうちには何も……」

申し訳なさそうに先生がつぶやくと、全員がパソコン越しに視線を交わし、にんまりと笑い合った。「それ、今だ」という風に、大塚がこちらに目でサインを投げて寄こした。

有野は牧師のように物腰柔らかく、そして厳かにこう尋ねた。

「冷蔵庫の中に何がありますか?」

参考文献
『新バーテンダーズマニュアル』（柴田書店）
『おうちカクテル150——家飲み派にやさしい、かんたんレシピ!』（主婦の友社）

初出「小説推理」
ショコラと秘密は彼女に香る　二〇二一年六月号
初恋ソーダ　二〇二一年二月号
醸造学科の宇一くん　二〇二一年一月号
定食屋「雑」　二〇二一年一月号
ｂａｒ きりんぐみ　二〇二一年二月号

双葉文庫

お-42-01

ほろよい読書《どくしょ》

2021年8月 8日 第1刷発行
2024年4月24日 第13刷発行

【著者】
織守《おりがみ》きょうや 坂井希久子《さかいきくこ》
額賀澪《ぬかがみお》 原田《はらだ》ひ香《か》 柚木麻子《ゆずきあさこ》

【発行者】
箕浦克史
【発行所】
株式会社双葉社
〒162-8540 東京都新宿区東五軒町3番28号
[電話] 03-5261-4818(営業部) 03-5261-4831(編集部)
www.futabasha.co.jp (双葉社の書籍・コミックが買えます)
【印刷所】
大日本印刷株式会社
【製本所】
大日本印刷株式会社
【カバー印刷】
株式会社久栄社
【DTP】
株式会社ビーワークス

【フォーマット・デザイン】
日下潤一

ISBN978-4-575-52489-5 C0193
Printed in Japan

双葉文庫　好評既刊

NHK国際放送が選んだ日本の名作　1日10分のごほうび

赤川次郎　江國香織
角田光代　田丸雅智
中島京子　原田マハ
森浩美　吉本ばなな

NHK WORLD-JAPANのラジオ番組で朗読された小説の中から、豪華作家陣の作品を収録。亡き妻のレシピ帳をもとに料理を始めた夫の胸に去来する想い。対照的な人生を過ごす女友達からの意外なプレゼント。ラジオ番組の最終日、ある人へ贈られた感謝のメッセージ……。小さな物語が私たちの日常にもたらす、至福のひととき。シリーズ第二弾!